La belle étoile

Création graphique : Laurence Ningre

L'édition originale de ce texte a été publiée pour la première fois en 2004, en anglais, par Puffin Books (The Penguin Group, London, England), sous le titre *Dizzy*.

ISBN : 978-2-09-258022-6
Dépôt légal : janvier 2018

La belle étoile

Cathy Cassidy

Traduit de l'anglais par Anne Guitton

Nathan

1

La nuit qui précède mon anniversaire, je ne dors jamais beaucoup.

Pas parce que je suis impatiente de découvrir si je vais recevoir une paire de rollers ou une guitare. Je sais déjà que ce sera une guitare, papa me l'a dit.

Pas non plus parce que je suis stressée par l'organisation d'une fête, d'une soirée pyjama ou d'une sortie à la patinoire. Mon père et moi, on a une tradition : pour nos anniversaires, on se fait un plateau-repas devant la télé. Pour lui, généralement, on commande des plats indiens et il choisit un film d'aventures comme *Le Seigneur des anneaux* ou *Star Wars*. Moi, petite, j'étais très Disney, et puis je suis passée à des comédies romantiques comme *Juno* ou *Le Monde de Charlie*. Cette année, on s'est enfin abonnés à des chaînes payantes, alors je vais probablement zapper entre MTV et des émissions de musique toute la soirée en grignotant de la pizza.

Les anniversaires sont censés être un moment agréable, mais j'ai beau essayer, je ne parviens pas à rester détachée et à me défaire de cette petite boule au ventre. Chaque année, je me lève à l'aube pour guetter le facteur, parce qu'il y a une lettre – ou un colis, parfois – que j'attends plus que les autres.

C'est le seul jour de l'année où elle me donne de ses nouvelles.

Pour mes cinq ans, j'ai reçu une carte postale de Katmandou : un temple bouddhiste doré avec un drôle de toit pointu sous lequel étaient peints de grands yeux. Au dos, elle avait rédigé un petit mot avec des feutres de trois couleurs différentes et m'envoyait des tonnes de bisous.

Pour mes six ans, c'était la photo d'un âne tenant un bouquet de fleurs entre ses dents. Le cachet de la poste indiquait West Cork, en Irlande. L'année suivante, j'ai eu une vraie carte d'anniversaire accompagnée d'une poupée de chiffon aux cheveux de laine rose et violette, et à la robe découpée dans un vieux tee-shirt délavé.

Pour mes huit ans, c'était une carte de Marrakech : un portrait de petite fille souriante aux bras couverts de bracelets en or. Et, un an plus tard, un grand chapeau à rayures arc-en-ciel avec une carte postale du pays de Galles. J'ai porté le chapeau tous les jours jusqu'à ce que les bords s'effilochent et que les couleurs se fanent. Ensuite, je l'ai punaisé sur le tableau de liège au-dessus de mon bureau, à côté des cartes postales et des photos. Il y est toujours.

Pour mes dix ans, j'ai reçu un attrape-rêves – un cercle d'osier couvert d'une toile d'araignée de fils multicolores et de perles. Des plumes blanches très douces et de minuscules clochettes étaient suspendues tout autour. La carte (qui représentait cette fois un mystérieux cercle de menhirs) me recommandait de l'accrocher au-dessus de mon lit. La toile magique attraperait mes cauchemars et les ferait disparaître, afin que mes nuits soient paisibles, et mon sommeil profond. Elle aurait mieux fait de me l'offrir dès mes cinq ans…

L'année dernière, pour mes onze ans, j'ai eu une chaîne en argent ornée d'un petit pendentif en quartz rose. Je ne la quitte jamais, de jour comme de nuit. Et, au lieu d'une simple carte, elle y avait joint une vraie lettre – une lettre qui me serre encore le cœur aujourd'hui mais que j'attendais depuis très, très longtemps. Elle y disait qu'elle m'aimait, qu'elle était désolée et que, un jour, nous serions enfin réunies.

J'ai roulé la feuille à l'aide d'un brin de laine prélevé sur la poupée de chiffon, je l'ai rangée dans ma boîte à trésors et j'ai affiché l'enveloppe sur mon tableau. De temps à autre, je contemple l'adresse rédigée d'une écriture arrondie et le cachet d'un petit bureau de poste des Cornouailles. Bien que ce ne soit pas très loin de chez moi, ça me paraît être le bout du monde.

J'aime ma mère, mais je ne me souviens pas d'elle. Pas vraiment.

Deux photos trônent sur mon tableau de liège. La première la montre debout sur un trottoir de Birmingham, main dans la main avec mon père, souriant sous la pluie. C'est leur photo de mariage, prise à la sortie de la mairie il y a douze ans et demi.

Elle ressemble à un petit elfe gracieux. Ses cheveux d'une étonnante couleur lilas, tressés et ornés de perles, retombent en cascade sur ses épaules. Elle porte une espèce de nappe en dentelle – papa m'a d'ailleurs confirmé que c'en était bien une, achetée pour une livre dans une friperie – par-dessus une robe sac violette, un collant rayé noir et violet et des Doc Martens.

Lui n'est pas beaucoup mieux, dans son genre : tout jeune, maigre comme un clou et l'air béat, vêtu d'un jean rapiécé et d'un gros pull en mohair noir. Ses cheveux sont teints en rouge et coiffés en pics, comme s'il venait de mettre les doigts dans une prise électrique.

Moi aussi, je suis là, quelque part sous la nappe en dentelle, petite bosse secrète derrière le bouquet de ma mère (grosses marguerites orange et pissenlits cueillis dans un parc). Mais je suis bien là. Et je parie que, sans moi, mes parents ne seraient pas plantés sous la pluie face au photographe, des confettis plein les cheveux.

Cinq mois plus tard, sur la deuxième photo, on ne peut plus me rater. Je dois avoir quelques semaines. Le visage renfrogné, les yeux comme deux billes noires et une touffe de cheveux sombres sur la tête, je porte un pyjama à rayures colorées. Maman lève la tête vers l'appareil, pâle et hagarde. Ses cheveux lilas ont été coupés court et sont tout ébouriffés. J'ai fixé cette photo pendant des heures et des heures, en quête de signes d'amour maternel et de bonheur familial. Mais, tout ce que j'y vois, c'est une femme perdue et malheureuse.

J'avais quatre ans quand elle est partie.

Je ne m'en souviens pas, mais il paraît que nous avions déjà vécu dans un bus, une caravane, un squat et un appartement HLM. Nous faisions le tour des festivals de musique, où mes parents vendaient de la soupe de lentilles, des attrape-rêves, des bougies parfumées, des boucles d'oreilles… Ils avaient aussi travaillé pour un maraîcher bio, un café alternatif, un atelier de sabots et un potier. Ils s'en sortaient grâce aux allocations, m'habillaient dans les friperies et oubliaient si souvent de me coiffer que les vieilles dames me regardaient de travers aux arrêts de bus.

Papa m'a assuré qu'ils avaient essayé de me donner un nom, une famille, un avenir. Qu'*elle* avait essayé. « Efforts insuffisants », aurait dit mon prof de maths.

Lorsque j'avais quatre ans, elle s'est enfuie à Katmandou en combi Volkswagen avec un dénommé Mitch. Ça a dû lui sembler plus attrayant que de passer encore dix ou quinze ans à me moucher, à négliger ma tignasse et à me lire des histoires de petits lapins. Un soir, elle m'a embrassée très fort et m'a dit qu'elle m'aimait. Le lendemain matin, elle n'était plus là.

On s'est débrouillés comme on a pu, papa et moi. On est restés dans notre HLM, je suis entrée à la maternelle et lui dans une école d'art spécialisée en céramique (ce qui n'est rien d'autre qu'un joli mot pour dire « poterie »). Je suis devenue amie avec Sara, Sasha et Jade pendant qu'il apprenait à fabriquer des tasses, des bols et des assiettes aux bords ondulés, qu'il recouvrait ensuite d'émail moucheté. Il créait également de ravissantes statuettes d'elfes, de fées et de sirènes aux yeux tristes. Elles ressemblaient toutes un peu à ma mère, mais je ne le lui ai jamais dit.

Une fois son diplôme en poche, il nous a trouvé un nouvel appartement flanqué d'un atelier. Bientôt, il a vendu suffisamment d'assiettes à des boutiques d'artisanat et de petits elfes à des galeries chics pour nous faire vivre. On est passés de la soupe de lentilles à la baguette, aux frites au four et aux lasagnes de légumes surgelées. On était heureux – enfin, à peu près.

À Noël, l'an dernier, il m'a offert une guirlande de fleurs roses lumineuses que j'ai suspendue autour des cartes postales, du chapeau, des photos et de ma fidèle poupée de chiffon.

– On dirait un autel hindou, a commenté mon père en voyant le résultat.

Il n'a pas tort, et c'est justement ce qui me plaît.

Ce sont mes seuls souvenirs d'elle.

2

– Bonjour, Dizzy ! C'est l'heure de se réveiller !

Tous les ans, pour mon anniversaire, papa m'apporte mon petit déjeuner au lit. Et, tous les ans, je me cache sous la couette comme si je n'étais pas réveillée depuis des heures à penser à ma mère. Je bâille, je m'étire, je me frotte les yeux pour en chasser des grains de sable imaginaires.

Après avoir allumé la lumière, il pose un plateau bien garni à côté de moi. Comme le veut la tradition, il m'a préparé des toasts au fromage (sa spécialité) agrémentés d'une petite touche d'originalité : avant de les passer sous le grill, il a superposé des chiffres découpés dans du fromage orange à la couche de cheddar habituelle. Une tranche pour le 1, et une pour le 2. Ça sent divinement bon.

Il s'assied au bord du matelas, dans son pantalon de pyjama rayé et son vieux tee-shirt.

– Bon anniversaire, ma chérie !

Il me serre dans ses bras.

– Merci, papa.

Chassant ma mélancolie, je me jette sur les toasts. Le bonheur.

Sur le plateau, il y a aussi une fleur dans un pot de confiture, un paquet bleu pâle à la forme familière et un milkshake à la banane. J'aurais préféré un jus de pomme ou un Coca mais, jusqu'à récemment, c'était ma boisson favorite. Quand je déchire le papier bleu, je découvre un autre de mes péchés mignons : un grand tube de Smarties.

Tout est exactement comme le jour de mes cinq ans, quand mon père m'a apporté le petit déjeuner au lit pour la première fois après le départ de maman. Et ça me fait plaisir. Les traditions, c'est important.

Nous partageons les Smarties, puis il va chercher mes cadeaux. Le premier, énorme, est empaqueté dans du journal et des kilomètres de scotch, que je déchire pour dévoiler des courbes de bois laqué couleur miel et chocolat.

– Oh, papa, elle est magnifique, cette guitare !

Je lui joue un « Joyeux anniversaire » pas tout à fait juste. Puis j'ouvre mes autres paquets : une paire de baskets en daim bordeaux que j'avais repérée en ville la semaine dernière, et une jolie trousse à maquillage remplie de vernis à ongles pailletés. C'est parfait !

Je suis déjà douchée et habillée quand j'entends

le courrier atterrir sur le paillasson de l'entrée. À toute vitesse, je passe en revue les enveloppes pastel contenant des cartes d'anniversaire, dans l'espoir de trouver mon adresse rédigée en lettres multicolores d'une écriture ronde et enfantine.

En vain.

Après les cours, Jade, Sara, Sasha et moi nous installons à la table près de la fenêtre chez Dimitri. Ce dernier contemple nos sacs, nos cravates rayées et nos grands sourires, puis pousse un gros soupir avant de s'approcher pour prendre notre commande.

– Quatre Coca, s'il vous plaît ! lance Sasha en agitant un billet de cinq livres.

Dimitri fait mine d'être choqué. D'habitude, on se contente de deux boissons à partager, que l'on fait durer une bonne heure.

– *Quatre* ? En quel honneur ?

– C'est l'anniversaire de Dizzy ! lui explique Sara. Elle a douze ans aujourd'hui.

Dimitri marmonne un commentaire sur la jeunesse dégénérée. Mais, quand mon verre arrive, j'éclate de rire : il l'a surchargé de petites ombrelles en papier, de glaçons, de rondelles de citron et même d'une grosse fraise.

Nous restons un long moment à papoter entre copines, relevant nos manches pour comparer nos bronzages. On est déjà le 18 juin, et l'été fait de gros efforts pour percer la chape de nuages qui recouvre la ville. Sara et moi sommes encore blanches comme des cachets, Sasha arbore ses habituelles taches de rousseur, et la peau de Jade est d'un joli brun doré – mais ça ne compte pas, parce que c'est toujours le cas. Nous décidons qu'il est temps de troquer nos pantalons d'uniforme contre des jupes et des socquettes.

– Comment voulez-vous qu'on ressemble à quelque chose dans cette tenue ? se plaint Jade. Regardez-moi cette cravate verte à rayures caca d'oie : c'est charmant, vraiment !

– D'un autre côté, intervient Sasha en la lui prenant des mains, on peut parfois lui trouver certaines utilités...

Je ne vois rien venir.

Quelques secondes plus tard, Sasha m'a noué la cravate sur les yeux. Tout devient noir, une main étouffe mes protestations, et quelqu'un me force à me lever. Ces traîtresses me font tourner trois fois sur moi-même, puis m'appuient sur les épaules pour que je me rasseye. Le temps que je retire mon bandeau, elles entonnent « Joyeux anniversaire ».

Je regarde autour de moi, toute rouge. Dimitri revient avec quatre parts de fondant au chocolat tiède, accompagnées de boules de glace. La plus grosse disparaît presque sous des bougies roses dont les flammes vacillent dangereusement. Il y en a même dans la glace à la vanille.

J'éclate de rire, rougis un peu plus et souffle de toutes mes forces sous les applaudissements des clients du café. Mes amies sont trop géniales.

– Tu as du chocolat sur le nez, m'informe Sasha un peu plus tard, alors que nous marchons toutes les quatre dans la rue, bras dessus bras dessous et planant sur un petit nuage sucré.

– J'adore mon bracelet !

Je secoue mon poignet pendant qu'elle m'essuie le visage avec un mouchoir en papier, avant de me tourner vers les deux autres avec un grand sourire.

– Et mon livre, et mon poster !

Arrivées au carrefour, Sara et moi disons au revoir à Sasha et à Jade, puis nous traversons le passage piéton et coupons par le parc.

– Tu as reçu beaucoup de courrier ? me demande-t-elle doucement. Quelque chose de ta…

– Mère ? Non, pas encore.

– Ce n'est pas la première fois. Rappelle-toi, la carte de Marrakech…

– Oui, je l'ai eue avec trois semaines de retard. C'était pour mes huit ans. J'ai guetté le facteur tous les matins.

– Je sais.

J'ai aussi pleuré tous les soirs dans mon lit, et cessé de manger et de parler. Jusqu'à ce que la carte finisse par arriver et que tout rentre dans l'ordre. Papa m'a assuré que le problème devait venir de la poste. Ma mère ne pouvait pas m'avoir oubliée.

J'annonce à Sara :

– On va commander des pizzas ce soir. Trois fromages et champignons. Et j'aurai le droit de regarder la télé toute la nuit si ça me chante !

À la sortie du parc, nous changeons une nouvelle fois de trottoir. Sara vit dans une maison en brique rouge à mi-hauteur de la rue. Le jardin croule sous les fleurs de couleur vive, et la pelouse est si bien tondue qu'elle semble avoir été repassée.

– Tu veux entrer ? me propose-t-elle.

– Non, c'est gentil, mais la pizza m'appelle. Encore merci pour le poster, il est super. À demain !

– À demain.

Je reprends ma route, ma bonne humeur ayant disparu en même temps que mon amie. J'ai un gros poids sur le cœur, comme si je venais d'avaler un iceberg au lieu d'une part de fondant. Soudain, je me sens bien plus vieille que mon âge.

Notre appartement est situé tout au bout de la rue, dans une maison de ville divisée en trois logements. Le nôtre occupe le rez-de-chaussée avec l'atelier de mon père, installé dans l'ancien garage.

Un gros van crasseux est garé en travers de l'allée, une roue au beau milieu d'un massif de lupins clairsemés. M. Desai, le locataire du premier étage, va faire une crise cardiaque en voyant ça.

C'est peut-être un livreur venu apporter la dernière commande d'argile de papa, mais je trouve étrange que le van ne porte aucun logo. Il est peint en rouge, avec une portière bleue d'un côté, une grise de l'autre, et une violette à l'arrière. Quelqu'un a écrit « Sale » dans la couche de poussière qui recouvre la vitre. Très drôle.

Dans l'entrée, je trouve la deuxième fournée de courrier de la journée posée sur un petit guéridon. Je la feuillette, le souffle court.

Aucune lettre de ma mère.

J'ouvre les enveloppes en essayant de ravaler ma déception. Il y a un billet de vingt livres de tante Mel, une carte avec des petits chats de M. Desai, et un bon d'achat à la librairie de la part de mon ancienne nourrice. Ils se sont souvenus de mon anniversaire, alors pourquoi pas elle ?

Papa est en train de discuter avec quelqu'un dans le salon. J'espère que ce n'est pas Lucy, sa petite amie. Elle est gentille, et je commence à m'habituer à elle, mais je n'ai pas envie qu'elle soit là pour ma soirée d'anniversaire. C'est un moment privilégié entre mon père et moi.

– Je suis rentrée !

Mon courrier à la main, je pousse la porte de ma chambre. Ma guitare neuve trône fièrement sur mon lit à côté du cadeau de Lucy : un petit appareil photo vintage. Elle m'a laissée l'ouvrir hier soir et m'a montré comment installer la pellicule, activer le flash et régler l'objectif. Cool.

Je jette mon sac dans un coin, sors un tee-shirt et un jean propres de ma commode.

– Dizzy ? appelle mon père. Tu peux venir une minute ?

Je le rejoins en défaisant ma cravate. Ce n'est pas Lucy qui se trouve avec lui. Lucy est jeune, souriante, avec des cheveux blonds ondulés. Elle aime les tops amples, les pantalons taille basse brodés, le rouge à lèvres marron et le fard à paupières charbonneux. Son gel douche laisse sur sa peau un parfum citronné.

La visiteuse est plus âgée, plus petite, très bronzée, le visage sillonné de rides d'expression. Ses cheveux teints au henné sont presque rasés. Elle a des dizaines de boucles sur chaque oreille, ainsi qu'un piercing au sourcil droit. Elle porte un pantalon rayé très large resserré aux chevilles, un débardeur délavé et pas de soutien-gorge. C'est… particulier.

Il s'agit sûrement de la propriétaire du van bariolé, mais j'ignore qui elle est et pourquoi elle me fixe avec une telle insistance.

– Salut, Dizzy, lance-t-elle avec un sourire qui dévoile ses dents jaunies.

– Bonjour.

Je me tourne vers mon père, attendant une explication.

Il me rend mon regard sans rien dire. Il paraît choqué et un peu agacé. Il a gardé son jean de travail et n'a pas eu le temps de laver ses mains couvertes d'argile.

– Joyeux anniversaire, dit la femme.

Je n'y comprends toujours rien.

– C'est fou comme tu as grandi, ajoute-t-elle. Tu es si jolie… j'ai l'impression de rêver.

Tout à coup, ma bouche se dessèche, et le sol se met à tanguer sous mes pieds. Je contemple ce visage souriant et bronzé, ces grands yeux bleus, ce piercing doré. Fronçant les sourcils, je déglutis avant de répondre :

– Bonjour, maman.

3

Ça n'a rien à voir avec ce que j'avais imaginé.

Je pensais qu'elle serait plus jeune, plus comme sur les photos. Qu'on courrait l'une vers l'autre et qu'on s'étreindrait à n'en plus finir. Que je serais folle de joie et non déboussolée.

Ma vue se brouille, mes joues deviennent humides et je suis obligée de m'asseoir. Papa vient me chercher par la main pour me conduire doucement à elle.

– Ne t'en fais pas, murmure-t-il. Tout va bien.

Elle me serre contre elle. Je n'en ai pas envie, je n'ai pas envie d'être là. Je reste raide comme un piquet, silencieuse, hostile, résistant de tout mon être.

– Tout va bien, Dizzy, dit-elle à son tour en me caressant les cheveux. Tout va bien.

J'inspire un grand coup et, soudain, je reconnais l'odeur doucereuse et musquée d'un parfum longtemps oublié. L'essence de patchouli, le parfum de mon enfance.

– Oh, maman…

Mon corps s'affaisse contre le sien, ma joue trempée se pose sur son épaule. Accrochée à elle, je laisse libre cours à mes larmes. Et, en même temps, je souris, car j'attendais ce moment depuis une éternité.

J'ai l'impression de rentrer enfin chez moi. Je voudrais que ça dure toujours.

Évidemment, c'est impossible. Trop vite, elle s'écarte et me tient à bout de bras pour me contempler. Je m'essuie le visage sur ma manche. Je dois avoir les yeux rouges et gonflés.

Elle écarte une mèche de mon front avec un sourire amusé.

– Non mais, regarde-nous ! Viens, assieds-toi. (Nous nous laissons tomber ensemble sur le canapé.) On a tellement de choses à se raconter… Et un festin d'anniversaire à préparer !

– On voulait commander des pizzas, intervient papa. Trois fromages et champignons. On peut partager, à moins que tu préfères autre chose ?

– Non, pas de pizza, réplique maman. Je suis vegan, maintenant. Je ne te l'ai pas dit ? Je ne mange ni fromage, ni lait, ni œufs, ni miel.

– Ah…

– Et puis, c'est la fête, non ? On pourrait cuisiner tous les trois. Que diriez-vous d'une soupe miso, d'un ragoût de haricots rouges et, pourquoi pas, d'un pain de muesli pour le dessert ? Ça t'irait, Dizzy ?

Je n'ai pas compris un traître mot de ce qu'elle a dit, mais je m'empresse de répondre :

– Carrément !

– Je peux aussi commander une pizza végétarienne sans fromage, suggère mon père. C'est un peu une tradition chez nous pour l'anniversaire de Dizzy.

– Non, papa, les haricots rouges, ce sera parfait.

Il sait pourtant que j'ai horreur de ça. Le pain de muesli m'évoque surtout de la nourriture pour hamster, et j'ignore complètement ce qu'est la soupe miso. Mais si votre mère débarquait pour votre anniversaire après huit ans d'absence, n'essaieriez-vous pas de lui faire plaisir, vous aussi ?

– On va y passer la soirée, ronchonne-t-il en se dirigeant vers la cuisine ouverte.

– Et alors ? rétorque ma mère. Je ne vois pas où est le problème.

Ça signifie qu'elle n'a pas l'intention de repartir tout de suite. Ravie, je la serre encore une fois dans mes bras en murmurant :

– Maman… Tu m'as tellement manqué !

– Allons, allons ! dit-elle en se dégageant. Toi aussi, tu m'as manqué, ma puce. Mais pas de « maman », d'accord ? Ça me donne l'impression d'avoir cent trois ans. Moi, c'est Storm. Ça veut dire « Tempête » !

Je sais qu'elle s'appelle Linda Caroline Tanner, ou Linda Caroline Kerr de son nom de femme mariée. Mais Linda ne convient pas vraiment à une rebelle, une punk, une hippie new age.

Quand j'étais bébé, elle s'est donc rebaptisée Storm. Juste Storm, sans nom de famille. Je ferai peut-être la même chose quand je serai grande, sauf que je remplacerai «Dizzy» par un prénom beaucoup plus simple et banal, comme Jane, Ann ou Mary.

Storm. D'après papa, elle s'est choisi ce pseudonyme pour ses connotations de force irrésistible, mais il m'évoque surtout les averses de grêle, le tonnerre et les violentes bourrasques.

– D'accord, Storm.

J'ai encore du mal à le dire.

Dans la cuisine, papa met de l'eau à bouillir et rince du riz dans l'évier. Puis il sort un paquet de légumes surgelés et fait chauffer le wok.

– Tu as besoin d'aide ? lui demande ma mère.

– Non, non, restez assises. Je m'occupe de tout.

Il verse le riz dans la casserole, ouvre les légumes, les jette dans le wok et attrape un pot de sauce au curry sur une étagère.

– Elle est vegan, ta sauce ? s'enquiert Storm. Tu as vérifié l'étiquette ?

– Oui, c'est bon.

Elle le rejoint malgré tout pour s'en assurer.

– Tous ces produits chimiques et ces E machin chose… soupire-t-elle en plissant le nez. Tu devrais acheter du bio, Pete. Ces plats préparés ne contiennent plus aucun nutriment.

– Ce qui compte, c'est le goût.

– Si ça fait plaisir à Dizzy… Bon, à défaut de te donner un coup de main, je vais récupérer deux ou trois trucs dans le van.

À la seconde où elle quitte la pièce, mon cœur se serre comme si elle m'abandonnait une nouvelle fois. Papa me jette un coup d'œil.

– Tu devrais aller l'aider, me conseille-t-il.

Je me demande comment il fait pour lire dans mes pensées. Les années d'entraînement, sans doute.

Une fois dehors, je passe la tête par la porte entrouverte du van, véritable caverne d'Ali Baba toute en couvertures et coussins multicolores. Le long d'une paroi sont alignés des placards de cuisine décorés de spirales et de croissants de lune. Une bonne partie de l'espace est occupé par un étrange fagot de longues branches minces. Il y a même un petit poêle en fer forgé dans un coin, relié au toit par un conduit d'évacuation.

On pourrait parfaitement vivre là-dedans. D'ailleurs, c'est probablement ce que fait Storm.

Les guirlandes de clochettes pendues au plafond tintent lorsqu'elle passe dessous avec un gros sac en paille tressée et une couverture roulée. Elle attrape sous l'évier un bocal de liquide trouble et ambré, à l'étiquette rédigée à la main.

– Du cidre, m'informe-t-elle avec un sourire. Pour ton père. Ça le détendra un peu.

– D'accord.

De retour à l'appartement, elle drape la couverture violette sur le canapé, ce qui donne soudain à la pièce un air très exotique. Elle s'assied en tailleur et fouille dans son grand sac.

– Tiens, de la caroube, m'annonce-t-elle en me tendant un rectangle couleur terre enveloppé dans du papier alu. Goûte.

J'en prends une bouchée. On dirait effectivement de la terre, en moins bon.

– Délicieux !

– Bon sang, où sont-elles passées… Ah, voilà !

Elle dégaine un petit paquet protégé par du velours noir. Délicatement, elle déplie le tissu pour révéler des cartes maintenues par un cordon doré. Mais je ne reconnais pas les cœur, pique, carreau et trèfle habituels.

– C'est mon jeu de tarot, annonce-t-elle.

– Ton quoi ?

J'effleure les cartes illustrées qu'elle pose à l'envers sur la couverture.

– Le tarot a des pouvoirs magiques. Les diseuses

de bonne aventure s'en servent depuis la nuit des temps pour prédire l'avenir. Ça te dirait de savoir ce qui t'attend, Dizz ?

4

Mes parents se disputent un peu pour savoir si Storm a le droit ou pas de me tirer les cartes. D'après papa, ce ne sont que des superstitions ridicules ; Storm réplique que, dans ce cas, il n'a aucune raison de s'inquiéter. On va juste s'amuser un peu.

Elle lui verse une tasse de cidre en précisant qu'il est fabriqué par un vieux fou dans le Somerset, et qu'il est très corsé. Mon père lève les yeux au ciel mais finit par en boire une gorgée. Pendant ce temps, Storm étale ses cartes et me demande d'en choisir quelques-unes.

Bien que je n'y croie pas vraiment, je ne peux pas m'empêcher de frissonner quand elle m'annonce que ma vie calme, raisonnable et bien ordonnée s'apprête à changer pour toujours. Mon tirage évoque l'aventure, le voyage et la liberté.

– Les enfants ont *besoin* d'une vie calme, raisonnable et bien ordonnée, proteste papa.

– Justement, Pete, regarde : ceci symbolise la fin de l'enfance. Dizzy arrive à un carrefour. Je vois de nouvelles opportunités, la cicatrisation d'anciennes blessures. Notre fille va choisir une direction inattendue.

– Ça m'étonnerait.

– Papa, s'il te plaît, arrête… Qu'est-ce que ça veut dire, Storm ? Qu'est-ce qui va m'arriver ?

Mon père s'approche, rouge de colère, et balaie les cartes du revers de la main.

– Maintenant, ça suffit ! ordonne-t-il à ma mère. C'est de nos vies que tu parles. Et ce n'est pas un jeu.

Storm hausse les épaules, rassemble ses cartes, les attache avec le cordon et les fait disparaître dans les plis du velours noir avant de répondre :

– Qui a dit que c'en était un ?

Nous mangeons le curry de légumes accompagné de riz complet (sans haricots rouges). Malgré la sauce en bocal, Storm a l'air de se régaler. Elle remplit de nouveau la tasse de cidre de papa.

– Et donc, reprend-il froidement, qu'est-ce qui t'amène ? Ne me dis pas que tu passais dans le coin par hasard, au bout de huit ans, et que tu en as profité pour venir nous dire bonjour.

– Papa !

Storm le regarde avec un sourire triste.

– Bien sûr que non. Je comprends ta méfiance. Je sais que je vous ai fait du mal à tous les deux, mais j'avais mes raisons. Crois-moi, Dizzy. Il y a tant de choses que tu ignores. Sache néanmoins qu'il ne s'est pas écoulé un jour sans que je pense à toi avec amour.

Elle me caresse la joue, et mes yeux se remplissent de larmes.

– Épargne-nous ton mélodrame, la rabroue mon père. Rien ne t'empêchait de nous rendre visite, d'écrire ou de téléphoner.

Elle a écrit, tous les ans. Et il sait très bien ce que ça signifiait pour moi. Il est juste en colère parce qu'elle l'a fait souffrir; mais moi aussi j'ai souffert, et je ne lui en veux pas pour autant. Pourquoi ne peut-il pas lui pardonner comme je l'ai fait ?

Storm pousse un gros soupir.

– J'ai bien conscience qu'on a énormément de temps à rattraper, toutes les deux. Si je suis là, c'est justement parce que je veux essayer. Je ne passais pas par hasard, Pete; j'ai fait plus de trois cents kilomètres pour venir souhaiter son anniversaire à ma fille.

Mon cœur bondit dans ma poitrine.

Le téléphone sonne, mais personne ne réagit. Sur le répondeur, j'entends Sasha me rappeler de prendre mes affaires de sport le lendemain, pour les sélections de l'équipe de basket.

– J'aimerais tant me racheter, continue Storm. L'année est quasiment terminée; je voulais proposer à Dizzy de venir passer quelques jours ou quelques semaines avec moi. Ça nous permettrait de créer un lien mère-fille, d'apprendre à nous connaître. On irait à des festivals, faire un tour sur la côte, rien que toutes les deux.

– Oh, maman ! Pardon, Storm ! J'adorerais ça ! J'en ai toujours rêvé !

À vrai dire, je rêvais plutôt que ma mère rentre à la maison et que nous reprenions notre vie tous ensemble, mais c'est mieux que rien.

– C'est non !

Papa repose son assiette si violemment qu'elle glisse sur le parquet, semant des grains de riz et de maïs un peu partout.

– C'est non ! répète-t-il. Tu crois que tu peux débarquer comme ça et tout chambouler encore une fois ? Non, Linda, ou Storm, ou qui que tu sois. Je ne suis pas d'accord. Il reste encore cinq semaines avant les vacances. Dizzy ne peut pas partir du jour au lendemain ! Elle a des devoirs à rendre, un concert de fin d'année, une compétition de natation… Pas question que tu l'embarques à l'autre bout du pays dans ton vieux van pour lui faire manger de la soupe d'ortie avec tes losers de copains.

Il y a un long silence. Storm ramasse nos assiettes, y compris celle de mon père, et se dirige vers l'évier. Elle les rince à l'eau froide avant de les mettre à sécher sur l'égouttoir. Il reste une grosse traînée de sauce sur l'une d'elles, mais je n'ose pas le lui signaler.

Je baisse la tête, rouge de honte et incapable de soutenir le regard de mon père.

– Dizzy, reprend-il, dès que les cours seront finis, tu pourras y aller. Je suis même prêt à t'accompagner. Mais pas maintenant.

Storm lui sert une nouvelle tasse de cidre. S'il ne ralentit pas le rythme, il ne sera plus seulement en colère mais complètement soûl. Je remarque que ma mère, elle, ne boit que de l'eau. C'est peut-être en rapport avec son régime vegan.

– Allons, Pete, il n'y a pas de quoi se disputer pour si peu. C'était juste une idée.

Je leur rappelle que ça correspond aussi à ce qu'ont dit les cartes.

– Vous pourriez aussi bien l'avoir lu dans le journal, je m'en contrefiche, grogne papa.

– Pas de dispute, insiste Storm. C'est dommage, Dizzy aurait sûrement apprécié le petit rassemblement que nous organisons au pays de Galles pour le solstice d'été. L'endroit est vraiment magique, entouré de collines et de ruisseaux, et il y aura juste une poignée d'amis. Mais si tu n'es pas d'accord…

– Ne me fais pas passer pour le méchant de l'histoire ! s'emporte papa. Encore une fois, je veux bien qu'on vienne te voir pendant les vacances, mais ça ne te suffit pas, hein ? Il faut toujours que tu aies le dernier mot. Ça, je ne l'ai pas oublié.

Les choses n'étaient pas censées se passer de cette façon. Dans mon imagination, c'était une Storm toute penaude qui revenait nous présenter ses excuses et nous annoncer qu'elle en avait assez de vivre sur les routes. Et bientôt, elle préparait des gâteaux au chocolat, venait me chercher à mes entraînements de basket et assistait aux réunions de parents d'élèves avec mon père.

Rien que d'y penser, j'en ai des frissons.

Je n'ai pas de problème avec les dizaines de boucles d'oreilles, le piercing et les vêtements bizarres, et je finirai sans doute par m'habituer au van (qu'on peut toujours repeindre). Je pourrais même tolérer la caroube et les haricots rouges. Mais toute cette tension… il faut que ça cesse. Papa devrait être content de la retrouver, après s'être morfondu pendant tant d'années. Qu'est-ce qui lui prend ? Je déclare :

– J'ai un contrôle de maths demain. Je vais aller réviser un peu.

Papa fronce les sourcils.

– Non, ma chérie, reste ! On devait regarder la télé ; j'ai même acheté du pop-corn au caramel ! Ta maman et moi, on ne se dispute pas vraiment. On discute.

Mais bien sûr…

Storm me suit dans le hall d'entrée. Je murmure :

– Désolée… je ne sais pas ce qu'il a. D'habitude, il est beaucoup plus sympa.

Elle hausse un sourcil, celui avec le piercing.

– Est-ce que, toi, tu as envie de venir ?

– Bien sûr que oui !

– Alors tu n'as pas à t'inquiéter. Je m'occupe de tout.

5

Il fait encore noir quand Storm me secoue par l'épaule pour m'arracher à mes rêves.

– Debout. On a de la route à faire.

– Hmmm ?

– Allez, viens, chuchote-t-elle. Prépare ta valise.

Je m'assieds dans mon lit, un peu perdue.

– Qu'est-ce qui se passe ?

Elle est en train de retourner mon sac de cours, semant mes livres, mes cahiers et mes affaires de sport sur le sol. Elle ouvre les tiroirs de ma commode, attrapant au hasard chaussettes, culottes, tee-shirts et jeans pour les y fourrer sans ménagement. Puis elle prend une poignée de bracelets, des élastiques, un peigne et du gel sur ma coiffeuse, avant de lever les yeux vers mon tableau de liège.

– Hé, c'est moi qui t'ai offert cette poupée, non ?

– Oui, pour mes sept ans.

Je la rejoins devant le bureau.

La poupée de chiffon est punaisée par le col de sa robe délavée. Ses cheveux roses et violets sont tout sales et effilochés. Je l'avais appelée Linda Caroline, comme elle.

– Tu l'as gardée depuis tout ce temps... souffle-t-elle.

J'attends qu'elle remarque les cartes postales, les photos et le chapeau, mais elle ne semble pas les reconnaître. Peut-être qu'ils n'ont rien de mémorable, à part pour moi.

– Pourquoi tu emballes mes affaires ? Papa a changé d'avis ?

Storm me sourit, le regard pétillant.

– Oui, tout est arrangé. Il n'y a plus de problème. J'ai toujours su mener Pete par le bout du nez !

Ce n'est pas l'impression que j'ai eue hier soir, mais après tout, qu'est-ce que j'en sais ? Si elle l'a convaincu de me laisser sécher cinq semaines de cours, c'est une vraie magicienne.

– Il a dit quoi ? Et pour le concert, les devoirs, la compét ? Il va prévenir le collège ? Comment tu as fait ?

Elle pose un doigt sur ses lèvres sans cesser de sourire.

– Secret professionnel. Et maintenant, dépêche-toi !

– D'accord, d'accord. Mais il faut d'abord que j'aille voir papa pour le remercier !

– Attends un peu. Il est à peine cinq heures, il dort encore profondément. Il faut dire qu'il a un peu abusé du cidre hier soir. Il doit avoir une sacrée gueule de bois !

– OK, j'irai plus tard. Je lui apporterai un café.

– Si tu veux. Maintenant, au boulot !

Après une toilette rapide, j'enfile un pantalon en velours violet et un top à rayures. Je me coiffe et me fais deux grosses tresses (quand je laisse mes cheveux détachés, ils frisent et deviennent ingérables). Puis je glisse ma brosse dans mon sac et fouille dans mon armoire pour récupérer deux pulls, mes bottines d'hiver, une paire de tongs et mes nouvelles baskets en daim.

Je prends aussi l'argent de tante Mel, mon nouvel appareil photo et ma guitare. En me voyant revenir de la salle de bain avec des ciseaux à ongles, une serviette et une grande bouteille de shampoing à l'orange, Storm éclate de rire.

– Tu es sûre que tu es ma fille ? Si ça continue, tu vas me rapporter un fer à repasser et une trousse de secours ! On part faire la tournée des festivals, Dizzy – mieux vaut voyager léger ! Pas besoin de sèche-cheveux, OK ?

– OK...

Dans la cuisine, le grand bocal de cidre est quasiment vide. Aïe. En temps normal, mon père n'est pourtant pas un gros buveur. J'allume la bouilloire pour lui préparer un café.

Pendant ce temps, Storm fait une razzia dans le frigo. Je remarque qu'elle prend du jus d'orange, du beurre, du fromage, des crudités à la mayonnaise et des yaourts.

– Quoi, tu n'es pas vegan, que je sache, se défend-elle. Je suis sûre que Pete serait d'accord. Bon, bientôt six heures. Il est temps qu'on décolle.

– D'accord. Je vais juste lui apporter ça.

– Essaie d'éviter les adieux déchirants ; vous vous reverrez très bientôt.

– Bien sûr. Mais je ne peux pas partir sans lui dire au revoir !

Storm hausse les épaules et reprend son exploration du frigo.

La chambre de mon père empeste le curry, l'alcool et le renfermé. Papa dort, la couette remontée sur la tête et les pieds dépassant à l'autre bout. Il a gardé ses chaussettes.

– Papa ? Papa, réveille-toi !

Je le secoue. Il porte encore son tee-shirt de la veille.

– Gnnn ?

Il tente de se cacher sous son oreiller.

– Je voulais juste te remercier. Je n'en reviens pas que tu aies changé d'avis, mais je suis trop, trop contente. Merci, merci !

Quand je le serre dans mes bras, je suis assaillie par des relents de sueur, de cidre, de curry et d'argile.

– Argh… J'ai l'impression d'avoir avalé de la litière pour chat. Saleté de cidre. Oh, ma tête…

– Ça va aller. Je t'ai apporté du café.

Il se redresse sur un coude en grimaçant, les paupières plissées pour se protéger de la lumière. Ses cheveux se dressent en épis sur sa tête. Sa main tremble tellement que je dois l'aider à poser la tasse sur la table de nuit.

Il a le teint un peu verdâtre.

– Tu as passé un bon anniversaire ? me demande-t-il d'une voix mal assurée.

– Super ! La guitare, maman, et maintenant… ça !

– Hein ?

– Sérieux, papa, tu es trop génial. Je ne sais pas comment te remercier. Bon, il faut que j'y aille. Repose-toi, fais la grasse mat, tu l'as bien mérité. Tu vas me manquer !

Oups… Storm m'avait pourtant recommandé d'éviter les grandes effusions.

– D'accord, à plus tard, ma chérie.

Sur ces mots, il replonge sous sa couette.

Je m'arrête un instant sur le seuil. J'aurais aimé lui réclamer un dernier câlin, discuter un peu plus longuement avec lui, lui faire de vrais adieux, mais il ronfle déjà. Alors je referme la porte et je m'éloigne sur la pointe des pieds.

Une heure plus tard, nous nous traînons à soixante-dix kilomètres-heure dans le vieux van bariolé. Mes sacs et ma guitare sont à l'arrière, nichés dans des couvertures. Nous grignotons les gâteaux que nous avons achetés lors d'une pause pipi à la station-service de Hilton Park.

– Pas très vegan, a commenté Storm, mais ce n'est pas un jour comme les autres !

Assise à l'avant, je contemple le paysage par-dessus le tableau de bord décoré de guirlandes, de clochettes et de coquillages fixés avec de la pâte collante. Un bouquet de fleurs sèches, de plumes et de rubans se balance au plafond.

Nous venons de quitter l'autoroute en direction du nord. Le van brinquebale et tousse comme s'il allait bientôt tomber en morceaux. Je lui demande :

– On sera au pays de Galles vers quelle heure ?

– Euh…

Elle sort une cigarette roulée de son sac à main et prend son temps pour l'allumer à l'aide d'un briquet en plastique rouge. Puis elle tire quelques bouffées.

– Ça ne te dérange pas j'espère ?

– Non, pas du tout.

– Donc hier soir, j'ai parlé du pays de Galles ? Ça alors, où avais-je la tête ? Je voulais dire l'Écosse. La fête du solstice a lieu en Écosse, là-haut dans les montagnes. C'est fou que je me sois trompée !

– Peu importe.

– Il n'y aura pas grand monde, juste nous et quelques très bons amis. Une vraie petite famille, quoi !

Je me mords les lèvres. Pays de Galles, Écosse, quelle différence après tout ?

– Tout va bien, ma puce ? Tu ne dis plus rien.

– Je réfléchissais à un truc…

– Oui ?

– Quand je suis allée embrasser papa tout à l'heure…

Elle tourne brusquement la tête vers moi.

– Quoi ? Il t'a dit quelque chose ?

– Non, pas vraiment. Tu avais raison, il ne se sentait pas bien. Je lui ai dit que je partais, et il m'a répondu : « À plus tard », comme si j'allais en cours. Tu ne trouves pas ça… bizarre ?

– Il ne voulait peut-être pas en faire trop.

– Peut-être.

– Ou alors… mais oui, je m'en souviens maintenant. Il a dit qu'il nous rejoindrait d'ici une semaine ou deux. Pour quelques jours. Comme au bon vieux temps !

– Oh, génial ! (Je pousse un long soupir de soulagement.) Où et quand, exactement ?

Storm écrase son mégot sur le tableau de bord.

– Il a parlé du Festival arboricole qui a lieu dans quinze jours. Détends-toi, Dizz, je le tiendrai au courant de notre itinéraire.

Envahie par une sensation de joie et de chaleur,

je me laisse aller contre le dossier de mon siège. Je ne peux pas m'empêcher de sourire.

– Désolée, Storm. Je n'arrête pas de me pincer tellement j'ai l'impression de rêver. C'est trop beau pour être vrai. Pendant une minute, j'ai eu peur que papa ait mal compris, qu'il ait accepté de me laisser partir parce qu'il était soûl, et puis qu'il ait oublié...

Storm fouille dans la boîte à gants. Elle en sort une vieille cassette dont elle tente de déchiffrer l'étiquette tout en conduisant.

– Tu t'inquiètes trop, me reproche-t-elle. Pete sait que tu es avec moi. Je suis ta mère, non ? Où est le problème ?

– Il n'y en a pas.

Elle glisse la cassette dans l'autoradio. Un tintamarre enjoué s'élève alors, parvenant presque à masquer le rugissement du moteur.

– Cet après-midi, on sera dans les montagnes écossaises, avec des fleurs sauvages sous les pieds et rien d'autre que le grand ciel bleu au-dessus de nos têtes. Juste toi et moi, Dizz. Pas d'école, pas de règlements, pas de soucis, pas d'histoires – juste la nature, la musique, le calme et le bonheur. Ça va être génial, non ?

Oui, évidemment.

6

Mon père dit souvent que pas un jour ne passe sans qu'on apprenne quelque chose. Pour moi, la plupart du temps, ce sont les verbes irréguliers, les théorèmes de maths ou le cycle de la vie d'une grenouille. Mais pas aujourd'hui.

Aujourd'hui, j'apprends que le solstice est le jour le plus important de l'année pour les voyageurs comme ma mère. Tout se joue demain, le 20 juin, et vous savez quoi ? C'est justement le thème du festival auquel je m'apprête à participer. La nuit du 20 au 21 juin est la plus courte de l'année. Le soleil ne se couche pas avant 23 heures, pour se relever vers 4 heures le lendemain matin.

D'après Storm, c'est aussi à ce moment que les énergies telluriques atteignent leur paroxysme. C'est une nuit magique, où le voile séparant le royaume des hommes de celui de la nature devient presque invisible. Une nuit où les rêves se réalisent et où tout peut arriver.

Nous allons disposer des lanternes au sommet de la colline, et puis chanter et danser toute la nuit avant d'assister au lever du soleil. Je n'ai encore jamais fait ça.

– Les choses sont en train de changer, Dizz. Je l'ai lu dans tes cartes. Il est temps que tu prennes la vie du bon côté et que tu t'amuses un peu, non ?

– Si.

– On est presque arrivées.

La route monte en pente raide, cahoteuse et pleine d'ornières. Je suis persuadée que le van va rendre l'âme d'une seconde à l'autre. Bien que nous roulions à vingt-cinq kilomètres-heure à peine, le moteur gémit de douleur. Pas inquiète pour un sou, Storm fume en souriant, une main sur le volant.

Lorsque nous atteignons enfin un champ signalé par une pancarte « Parking », j'ai l'impression que tous les os de mon corps sont réduits en poussière. Nous quittons la route et nous arrêtons au milieu d'un amas de bus rouillés, de vans et de voitures.

– Et voilà ! s'exclame-t-elle. Prends tes affaires, une de ces grosses couvertures, et suis-moi.

J'ai beau chercher autour de moi la nature, la musique, le calme et la joie dont elle m'a parlé, je ne vois que des épaves poussiéreuses et un mouton esseulé qui m'observe derrière un muret. Déjà chargée de mon sac à dos, de mon sac en bandoulière et de ma guitare, je me débats avec la couverture qui a décidé de jouer les rebelles. Storm éclate de rire, la jette sur son épaule et attrape les sacs de provisions achetées deux heures plus tôt dans un supermarché.

Nous suivons un petit chemin escarpé à travers une forêt d'arbres noueux dont les branches se tendent vers moi comme des doigts crochus. J'ai mal aux jambes, mon premier sac me fait mal au dos et l'autre n'arrête pas de glisser.

Au loin, j'entends résonner des percussions. Des cris joyeux et un bruit de conversation flottent jusqu'à nos oreilles. Nous débouchons enfin dans une vaste clairière, où je découvre trois immenses tipis de toile entourées d'innombrables tentes.

Des gens hirsutes aux vêtements colorés sont assis en cercle, en train de fumer et de discuter. Des chiens se pressent autour d'un bambin débraillé qui mange du pain de mie directement dans le paquet. La fumée d'un feu de camp me monte aux narines, familière et rassurante. Je chuchote :

– Je me souviens de cette odeur…

– Évidemment, Dizz ! Tu as passé les quatre premières années de ta vie dans des festivals comme celui-ci. Tu vas voir, ça va te plaire.

Ce qui me plaît moins, c'est le moment où je dois traverser le cercle sous un faisceau de regards accueillants et curieux. C'est encore pire que de lire une rédaction à voix haute devant la classe. Tous ces visages, ces mains levées pour me saluer... Mon cœur bat la chamade, et j'ai les joues en feu.

Soudain, un grand chien noir et blanc surgi de nulle part se précipite vers nous en jappant. Il saute sur Storm qui le repousse en riant. Quand il se tourne vers moi, je panique et je recule d'un pas, lâchant mes sacs et ma guitare. Il a une longue tête fine et poilue, des dents pointues, des babines de loup dégoulinantes de salive.

– Leggit ! crie Storm.

L'animal s'éloigne après m'avoir gratifiée d'un grand coup de patte dans le ventre. Refoulant les larmes qui me montent aux yeux, je me penche pour ramasser ma guitare.

– Elle n'est pas méchante, me rassure une femme ronde et très brune en retenant l'animal par son collier. C'est juste un grand bébé.

La chienne se tortille, tout excitée, et tente de me lécher les mains. Un peu gênée, je me rends compte qu'elle ne me voulait effectivement aucun mal.

– Je n'ai pas l'habitude des chiens, dis-je pour m'excuser.

– Tu t'y feras, me promet Storm. Assez, Leggit, assez. Quelle plaie !

Elle dépose ses sacs et la couverture dans l'herbe devant l'un des tipis.

– Voici Tess, m'annonce-t-elle en désignant la femme brune. Elle te connaît depuis… Oh là là, depuis toujours, je crois bien ! C'est elle qui a cousu la poupée de chiffon qui est chez toi.

– Ah ?

Ce n'est pas très poli, mais c'est tout ce qui me vient. J'ai toujours cru que Storm l'avait fabriquée elle-même…

– Ravie de te revoir, Dizzy, lance Tess. Tu ne te souviens pas de Finn, je suppose ?

Elle me montre un garçon boudeur en sweat à capuche noir et jean déchiré qui nous observe de loin, les mains dans les poches. Lorsque nos regards se croisent, il détourne le sien.

– Vous étiez inséparables, tous les deux. Mais ça date. Tu dois te sentir un peu perdue.

– Non, je…

– Storm !

Un homme approche à grands pas, immense, mince et bronzé, les cheveux blonds et frisés, les joues couvertes d'un duvet doré et les yeux d'un vert aussi froid que de la glace. Il a les bras chargés de grosses bûches et de branches dont le feuillage traîne dans l'herbe derrière lui. Un petit garçon terne et effacé le suit comme son ombre, portant un fagot miniature.

Ils jettent leur butin sur la gigantesque pile de bois dressée au centre du campement, mais Storm n'attend même pas qu'ils aient fini. Elle court vers l'homme et se jette à son cou. Je regarde ailleurs pour ne pas les voir s'embrasser.

– Ça, c'est Zak, m'informe Tess. Elle ne t'a pas parlé de lui ?

Je fais non de la tête.

– Il est gentil. Quant au petit, il s'appelle Mouse.

Mon cœur se serre brusquement. La bouche sèche, je lui demande :

– Est-ce que… Mouse, est-ce qu'il…

– Oh non ! me rassure-t-elle en riant. Non, c'est le fils de Zak. Il n'est avec nous que depuis quelques semaines. Avant, il vivait avec sa mère. Il a encore du mal à trouver sa place.

Je me laisse tomber sur le sol, ma guitare dans les bras. Je me force tellement à sourire que j'en ai mal aux joues. J'attends que quelqu'un me dise quoi faire, comment me comporter. J'attends que Storm se souvienne de mon existence.

Je n'ai rien à faire ici.

7

Allongée dans mon sac de couchage, je contemple le vaste plafond de toile soutenu par des poteaux de mélèze. Hier soir, les volutes du feu montaient en une longue spirale étouffante jusqu'au trou situé au sommet du tipi. Maintenant, ce n'est plus qu'une montagne de cendres bordée de quelques canettes de bière noircies.

Une bonne dizaine de personnes a participé à la veillée. Ils ont ri, mangé, bu, fumé, tous vêtus de tee-shirts *tie and dye*, de jeans rapiécés, de pulls arc-en-ciel, de longues jupes à volants, de pantalons larges et de débardeurs moulants. J'ai vite dû ranger ma timidité au placard.

Tess nous a distribué des assiettes du ragoût de pommes de terre qui mijotait dans une immense marmite. J'ai fait passer le pain – nous avons englouti deux miches entières, plus un gros morceau de cheddar, et le sac de pommes que Storm et moi avions rapporté du supermarché. La bière et le cidre ont ensuite fait leur apparition, tandis qu'un homme à barbe blanche sortait son violon. Bientôt, l'air était chargé de chansons et de rires.

Il était plus de minuit lorsque le calme est revenu. Les gens se sont levés, plus ou moins soûls, et ils se sont souhaité une bonne nuit avant de s'éloigner dans le noir. Quelques-uns se sont roulés en boule directement là où ils étaient, attrapant les couvertures rangées le long des parois du tipi.

J'ai entendu Mouse entrer à pas de loup une fois que tout le monde dormait – tout le monde, sauf moi. Il s'est frayé un chemin entre les corps assoupis, petite silhouette sombre dans la nuit. Puis il s'est blotti contre Leggit, la grande chienne maigre, et a tiré un coin de couverture rouge sur son corps. Plus tard, beaucoup plus tard, j'ai cru l'entendre gémir dans mon sommeil.

Quand j'ai rouvert les yeux, tous deux avaient disparu. La couverture rouge ne réchauffe désormais plus que le vieux joueur de violon à barbe blanche. Est-il au courant qu'il ronfle ? De l'autre côté du tipi, Storm et Zak dorment enlacés sous un drap en patchwork. Je ne peux pas les regarder. Même si je ne m'attendais pas vraiment à ce que ma mère revienne vivre avec nous, c'est dur à encaisser.

Ma montre indique 4 h 30. La lumière du jour

s'infiltre à travers les parois de toile mince. Ma guitare est attachée à l'un des poteaux par un bout de corde – hier, Storm m'a montré comment suspendre mes affaires pour ne pas encombrer le passage. Des tentures, des sacs, des cabas de supermarché et des cartons de bière lévitent ainsi un peu partout.

Il paraît que ce n'est pas la première fois que je dors dans un tipi. Je le faisais souvent quand j'étais petite, lors de festivals comme celui-ci. C'est une habitation un peu spéciale, parce qu'elle est ronde ; il n'y a pas de coin, tout le monde y est sur un pied d'égalité.

Les dormeurs font des petits bruits, toussent, ronflent. Je suis désormais complètement réveillée, raide et terrifiée, n'osant pas broncher.

Je ne me sens pas à ma place. Je voudrais retrouver mon lit, ma chambre. Mon père.

Si je me levais maintenant, je pourrais traverser le campement, redescendre au parking et suivre les petites routes de campagne jusqu'à trouver un village équipé d'une cabine téléphonique. J'appellerais mon père, il viendrait me chercher et nous serions rentrés pour le dîner. Blottis sur le canapé, nous mangerions de la pizza en riant des fausses promesses du tarot.

Mais je ne le ferai pas. Je n'ai pas *envie* de le faire.

Doucement, pour ne pas réveiller ceux qui m'entourent, je m'extirpe de mon sac de couchage. J'ai dormi tout habillée, sans même enlever mes chaussures. Je me redresse difficilement et navigue entre les corps. Quand mon pied heurte le violon par mégarde, le vieux barbu s'assied brusquement et jette un regard féroce autour de lui.

– Désolée…

L'esprit encore embrumé de sommeil, il ne me voit même pas.

Lorsque je soulève la porte de toile, la lumière du jour me fait plisser les yeux. Il n'y a pas un bruit. L'air est vif et frais. Quelques oiseaux sautillent de branche en branche ; leur chant résonne au-dessus de la clairière.

La nuit dernière, dans le brouhaha et l'animation, je me sentais complètement dépassée. Mais en ce matin tout neuf, plus rien ne me semble impossible.

Presque plus rien.

Je déambule entre les tentes en prenant soin d'éviter les cordes tendues, les bouteilles vides et les foyers noircis d'une dizaine de feux de camp. Derrière, la forêt est d'un vert rafraîchissant. Je m'avance au milieu des fougères douces et recroquevillées ; mes pieds font craquer des brindilles, s'enfoncent dans la mousse humide.

Ça me fait penser au conte dans lequel un frère et une sœur sèment des miettes derrière eux afin de retrouver leur chemin, mais finissent par se perdre parce que les oiseaux ont tout picoré.

Moi, je ne laisse aucune trace.

Au lieu d'une maison en pain d'épices, je tombe sur un petit ruisseau, mince filet d'eau vive qui serpente entre les arbres. De l'écume blanche et crémeuse bouillonne autour des rochers. Je songe au vieux robinet planté au milieu du campement auquel j'ai rempli la bouilloire de Tess, la veille. Les festivaliers savent-ils qu'il y a un torrent juste à côté ?

Certains oui, apparemment: une cabane penchée se dresse au bord de l'eau. Lorsque je m'approche en retenant mon souffle, je découvre qu'on a tressé de la mousse, des fougères et des lambeaux de sacs poubelle à des branches pour former les parois, avant de combler les trous avec des plumes, des brindilles, de l'herbe et des poignées de vase. Des allumettes brûlées gisent sur le sol au milieu des braises d'un petit feu.

À l'intérieur, il y a un sac de couchage sale, un emballage de barre chocolatée et une souris en peluche grise poussiéreuse. Une silhouette osseuse aux poils noirs et blancs est étendue à côté ; ses yeux sombres me contemplent dans la pénombre, ses oreilles se dressent, aux aguets.

– Chut…

Je lui tends ma main à renifler.

Après une rapide inspection, la chienne-louve me salue d'un grand coup de langue chaude, puis reprend sa place.

Le sac de couchage remue, se plie en deux, se froisse. Une tête ébouriffée apparaît brièvement, les yeux fermés, avant de replonger sous le tissu. Une main maigre sort du sac et se referme sur la souris en peluche. Tout à coup, je comprends : en anglais, souris se dit « Mouse ».

Le petit garçon et sa chienne se sont trouvé un coin rien qu'à eux.

Je m'éloigne discrètement le long du ruisseau, laissant la cabane derrière moi. Une fois hors de vue, je m'agenouille au bord de l'eau et je trempe ma main dans le courant glacé pour m'asperger le visage. Le froid me coupe le souffle et me pique la peau. N'ayant rien pour m'essuyer, je laisse les gouttes dégouliner dans mon cou. Quelques mèches échappées de mes tresses se collent sur mes tempes tels des serpents noirs.

– Ça réveille, hein !

Je sursaute et me frotte les yeux.

À ma droite, un énorme chêne étend ses branches au-dessus du torrent. Finn est assis à califourchon sur la plus basse, les jambes ballantes. Il sourit, le regard lointain, le visage éclaboussé par la lumière verte du petit matin. Il ne ressemble plus du tout à un ado boudeur, juste à un grand gamin en vêtements de skateur.

– Oui, c'est gelé.

Dans le genre réponse idiote, on peut difficilement faire mieux. Comme si un torrent de montagne risquait d'être chaud !

Finn roule sur le ventre pour descendre de l'arbre. Il reste un moment suspendu, ses pieds nus dépassant des jambes effilochées de son jean, puis il saute à terre et me fait face.

Il doit avoir un an ou deux de plus que moi. Sa peau est très mate et ses yeux d'une étonnante couleur bleu-vert. Jade, qui s'y connaît un peu, le trouverait sans doute canon. Moi j'aime surtout ses cheveux, noirs, épais et crêpés en grosses dreads qui lui arrivent presque aux épaules.

– Tu ne te souviens pas de moi, si ? me demande-t-il.

– Non, pas vraiment.

– Il faut dire que ça fait un bout de temps. Nos familles se croisaient souvent dans les festivals. Tess était la meilleure amie de Storm – d'ailleurs, c'est toujours le cas. Tu étais encore un bébé, mais tu voulais toujours imiter les grands. Tu me suivais partout comme un petit chien.

– Désolée. Ça devait être pénible.

– Non, au contraire ! Je t'aimais bien. Tu posais plein de questions et tu m'écoutais avec attention, comme si j'étais super intelligent. Je me sentais important. Je crois que je te trouvais mignonne.

– Ah bon ?

– Mais comme j'ai dit, ça date ! précise-t-il aussitôt, de peur que je me fasse des idées.

– Bien sûr.

– Tu as vu Mouse, là-bas ? enchaîne-t-il en plongeant un orteil dans le courant.

Pieds nus dans la forêt… Quelle drôle d'idée !

– Oui, il dort dans sa cabane avec la chienne.

– Il n'aime pas beaucoup le tipi, ni le festival. Sa mère lui manque.

Finn est maintenant debout dans le ruisseau, le bas de son jean absorbant l'eau comme du papier buvard. Ses orteils pâles et bleutés se recroquevillent autour d'un galet.

– Tu viens ?

– Ça va pas la tête ? C'est beaucoup trop froid. J'ai déjà testé tout à l'heure, je te rappelle.

– Chochotte.

Il projette une gerbe d'eau dans ma direction.

– Arrête !

Je pousse un cri perçant et remonte mon pantalon. Puis je fais un pas vers lui, en équilibre sur un rocher luisant au milieu du courant. J'y trempe la pointe de ma chaussure avec l'intention de me venger, mais ce mouvement me fait perdre l'équilibre ; je dérape et atterrit les deux pieds dans l'eau en riant aux éclats.

J'ai les chaussettes trempées, mes semelles glissent

sur les galets, et c'est seulement lorsque Finn m'attrape par le coude que je parviens à me redresser.

Tandis que nous retournons vers la rive d'un pas mal assuré, je déclare :

– J'ai changé d'avis.

– Je vois ça. Par contre, la prochaine fois, tu ferais mieux de retirer tes chaussures !

Je sors de l'eau, les pieds dégoulinants.

– J'y penserai. Promis.

8

Je me suis donc fait un ami. Et encore plus dingue, un ami de sexe masculin. Sara, Sasha et Jade en resteraient sans voix.

Bon, je suis moins sûre qu'elles apprécieraient ses dreads et ses ongles noirs, mais tant pis. Contrairement à Finn, elles ne sont pas là, et j'ai bien besoin d'un ami. Surtout un ami que je connais depuis toujours, malgré une parenthèse de huit ans.

Nous nous asseyons sur la berge et discutons pendant que nos pieds bleuissent dans l'eau. Finn me parle de sa mère, Tess, et de son père, un Irlandais qu'il n'a jamais connu. Il a aussi un frère, Niall, qui vient de finir le lycée et a décidé de rester dans leur maison du Lancashire car il est un peu lassé d'être tout le temps sur la route.

– Toi aussi, tu penses te lasser un jour ? je lui demande.

– Pour l'instant, ça me convient. Ça me permet

de sécher les cours une partie de l'année et de voir du pays. Mais je ne suis pas encore un cas désespéré. Je n'ai pas l'intention de passer ma vie sous un tipi à fumer des joints et à parler de grands projets que je ne réaliserai jamais!

J'en ai le souffle coupé.

– Tu veux dire que... hier soir... ils fumaient des *joints*?

– Ha ha, on voit que tu n'as pas l'habitude! Bien sûr que oui, Dizzy. C'était de l'herbe, des pétards, appelle ça comme tu veux. Tu devais être à moitié défoncée, d'ailleurs, à force de respirer toute cette fumée.

– Mais... (J'ai du mal à mettre de l'ordre dans mes idées.) C'est de la drogue! C'est illégal!

– Oui, c'est de la drogue, répond-il en levant les yeux au ciel. Et oui, c'est illégal. Dans les journaux, on lit tout le temps que ce n'est pas pire que l'alcool ou la cigarette, mais ça reste interdit. Tu ne savais pas que ta mère était une hors-la-loi, je parie!

Je m'allonge sur le sol. Il y a beaucoup de choses que j'ignorais sur ma mère. Et beaucoup que j'ignore encore. Je me sens contrariée, gênée, honteuse.

– Tu sais, beaucoup de gens en fument. Il n'y a pas de quoi t'inquiéter.

– Je ne suis pas inquiète.

– Je vois bien que si. Excuse-moi.

Je ferme les yeux et tente de relativiser. Comment suis-je censée connaître toutes ces choses ?

J'ai déjà entendu parler des joints, évidemment. À l'école, on nous a expliqué comment réagir si un ami nous en propose. Il faut refuser, sans pour autant le juger, et ne pas hésiter à prévenir un adulte parce que la drogue est dangereuse et peut ruiner des vies.

Je frissonne. Ce qu'on ne m'a pas expliqué, c'est comment réagir si ma *mère* m'en propose. Bien sûr, elle ne l'a pas encore fait, mais on ne sait jamais. Ça pourrait arriver.

Je questionne Finn :

– C'est vraiment mauvais pour la santé ? Vraiment dangereux ? Les profs disent que oui.

Il lance des cailloux dans le ruisseau, un à un.

– Et ils ont raison, même si c'est apparemment moins méchant que l'héroïne, le crack et tous ces trucs-là. Ici, on fume surtout pour se détendre.

– Toi aussi ?

– Jamais de la vie ! J'ai horreur de ça. Ils fument, rigolent et échangent un tas d'idées lumineuses. Storm et Zak, par exemple, nous bassinent avec le centre de soins qu'ils veulent monter en Inde ou en Espagne. C'est bien joli, mais ils ne le feront jamais. Pourquoi ? Parce qu'ils se contentent d'en parler, et qu'au matin, ils ont tout oublié. Avant, j'y croyais. J'étais content, je pensais qu'on allait vraiment former une communauté sur une île grecque ou créer un refuge pour animaux. Mais ce ne sont que des plans sur la comète. Ça ne tient pas la route.

Finn jette une grosse pierre dans l'eau. Nous regardons l'onde de choc se propager en cercles concentriques tandis qu'elle disparaît sous la surface. Je garde le silence.

– L'herbe est une vraie saleté, conclut Finn. Ça rend paresseux. On reste là à rêvasser au lieu de se bouger. Alors oui, les festivals, c'est sympa, on s'amuse bien. Mais moi, je veux faire autre chose de ma vie.

– Moi aussi.

En réalité, je serais bien incapable de dire ce que je veux faire de ma vie. J'ai l'impression que ça change toutes les deux minutes. Pour le moment, plaire à Finn, et ne pas passer pour une gamine à ses yeux, arrive plus ou moins en tête de ma liste.

– D'un autre côté, reprend-il, ils ne font de mal à personne. À part à eux-mêmes. Parce qu'à force de prendre du bon temps, ils vont finir par ne plus en avoir.

Nous restons un moment sans rien dire, puis je déclare plus ou moins pour moi-même :

– Au fond, je ne connais pas du tout Storm.

Finn pose sur moi son regard bleu-vert, indéchiffrable. Je ne sais pas si je dois y lire de la compassion, de la compréhension ou de la pitié.

– Non, sans doute… répond-il doucement. (Il se lève d'un bond en époussetant son jean trempé.) Je meurs de faim ! Allons voir s'ils ont servi le petit déj.

Au campement, les gens commencent à émerger. Les camping-gaz sifflent sous les bouilloires en métal cabossé, les haricots à la tomate chauffent dans des casseroles noircies sur les feux qu'on vient de rallumer. Un groupe de femmes encore à moitié endormies papote près du robinet, tandis qu'une bande de gamins déambule en mangeant des tartines au miel ou au fromage, entourés de chiens qui les fixent avec espoir.

Finn me conduit à la grande tente rouge qu'il partage avec Tess. Mouse est là, en train de saucer une assiette d'œufs brouillés avec du pain. Leggit, la bâtarde noir et blanc, lape de l'eau dans une gamelle en plastique et croque des biscuits pour chien à même la boîte.

Mouse lève vers nous des yeux méfiants, le visage fermé, hostile. Quand Finn lui ébouriffe les cheveux en s'asseyant, il s'écarte, me fusille du regard, laisse tomber son assiette en métal et s'éloigne. On dirait qu'il hésite entre nous détester et nous craindre.

– À plus tard, Mouse ! lance Tess d'un ton léger à la petite silhouette maigre qui disparaît entre les tentes.

Je soupire.

– Je crois qu'il ne m'aime pas beaucoup.

– Il n'aime personne, me corrige Finn. À part Tess,

parce que c'est la seule qui lui donne à manger. Et Leggit, parce qu'ils se tiennent chaud la nuit. Il n'a pas l'air très heureux ici.

– Pauvre petit, acquiesce Tess.

Finn me tend une portion d'œufs brouillés. Je me demande si Tess nourrit tout le festival ou juste sa famille, ses amis et quelques pique-assiettes. Elle nous coupe deux grosses tranches de pain complet. Il y a aussi de la confiture maison, du chocolat et même un peu de beurre.

Je suis affamée. Il faut dire que je suis debout depuis 5 heures du matin, et qu'il est près de 11 heures. Apparemment, les grasses matinées sont de mise ici.

Leggit, qui rentre d'une petite balade autour du campement, fait une pause pipi devant le tipi de Zak avant de venir se coucher aux pieds de Tess.

– Vous l'avez depuis longtemps, cette chienne ?

Finn secoue la tête, amusé.

– Oh, mais elle n'est pas à nous ! me répond Tess. Elle vient juste ici pour manger nos restes. C'est la chienne de Storm.

Je détecte enfin quelques signes de vie autour du tipi. Le violoniste barbu en sort à quatre pattes et se redresse avec un grognement sonore. Il s'éloigne, son étui à la main, bientôt suivi d'une femme corpulente aux longues tresses grises qui se frotte les yeux, les bras chargés de couvertures.

J'ai le temps de manger, d'avaler deux tasses de café et même de faire une rapide toilette à l'eau tiède et au savon sous la tente de Tess avant que Storm et Zak fassent leur apparition. Je baisse le nez vers mes orteils, posés sur un épais tapis d'herbe et de pâquerettes. Mes chaussures et mes chaussettes sèchent un peu plus loin au soleil. Je n'ai pas envie de me retrouver reléguée dans un coin comme Mouse et Leggit. Je n'ai pas envie d'être déçue, bien que je m'y attende à moitié.

Storm m'interpelle, et je relève aussitôt la tête, le sourire aux lèvres.

– Dizzy ! Joyeux solstice, ma puce !

Elle me rejoint, pieds nus elle aussi, et m'enveloppe dans une étreinte chaude au parfum de patchouli.

Je me rends compte que je lui pardonnerais n'importe quoi.

9

Peu à peu, le festival prend vie.

Zak, Finn et une petite troupe d'hommes entreprennent de transporter les bûches, branches et autres fagots formant la pile centrale jusqu'au sommet de la colline, où un grand feu de joie sera allumé pour le solstice.

Storm m'explique qu'ils ont ramassé du bois toute la semaine, collectant ce qu'ils trouvaient dans la forêt, récupérant de vieilles palettes et des cageots ici ou là. Ils ont jusqu'à ce soir pour bâtir le plus grand, le plus haut et le plus beau bûcher qui soit.

Je propose de leur donner un coup de main, mais elle me le déconseille avec un clin d'œil. Puis elle me donne un panier et me dit d'aller m'installer au milieu de la clairière, dans l'espace vide entre les tentes. Le panier contient un sécateur, de la ficelle, de la colle, de vieux pots de yaourt, des sequins, des pinceaux, des ciseaux rouillés et un rouleau de masking-tape.

Je m'assieds par terre, perplexe. Tess et Storm ont disparu. Une femme coiffée de dreads et accompagnée de deux petites filles en tee-shirt fluo s'approche en souriant. Elle étale une couverture sur l'herbe.

– Quelle belle journée ! commente-t-elle.

Je confirme d'un hochement de tête en essayant de ne pas trop m'inquiéter lorsque les petites tripotent les ciseaux, les sequins et les pots de yaourt.

La femme aux longues tresses grises nous rejoint bientôt avec une brassée de feuilles de papier de soie, fin et léger.

– Vous voulez les trier par couleur ? propose-t-elle aux fillettes.

Aussitôt, celles-ci se mettent au travail et forment des piles bien nettes qu'elles lestent avec des pierres.

– Tu es Dizzy, n'est-ce pas ? me demande la nouvelle venue. La fille de Storm ? Bonjour. Moi, c'est Amber. Je vis avec Carl, le violoniste. Tu as déjà fait ça ?

Quoi donc ? M'asseoir au soleil sur une couverture avec des ciseaux rouillés ?

– Euh… non.

Deux femmes aux cheveux roses arrivent ensuite, leurs bambins sur les talons ; puis un homme mince à la peau sombre vêtu d'un jean et d'un gilet de costume en velours bleu, sans rien en dessous. Lorsque Tess et Storm reviennent enfin, nous sommes une bonne douzaine d'adultes et autant d'enfants.

Elles apportent les longs fagots de branches qui se trouvaient à l'arrière du van. Certaines sont rigides et aussi épaisses que mon majeur, d'autres fines et souples comme des fouets.

– Parfait, lance Storm, les mains sur les hanches. Nous allons fabriquer des lanternes pour la fête. Au boulot !

Je suis désormais une experte en la matière, comme le prouvent mon pantalon taché de colle et mes doigts arc-en-ciel – car le papier de soie a tendance à déteindre quand il est humide.

On commence par former une structure pyramidale avec des tiges d'osier, de la colle et de la ficelle. Ensuite, on recouvre cette armature avec des bandes de papier coloré.

Tess va et vient entre nous, resserrant un nœud par ici, versant de la colle dans un pot par là. Elle joue ainsi les secouristes et consolide les lanternes les plus branlantes, jusqu'à ce que même le plus jeune des enfants soit fier de lui.

Storm a choisi du papier bleu foncé et violet, qu'elle a décoré d'un croissant de lune, de petites étoiles à cinq branches en papier blanc et d'un voile de paillettes.

– La tienne aussi est très belle, Dizz ! me complimente-t-elle.

Mon œuvre, une pyramide bancale marbrée de rouge, de violet et de bleu, n'a pourtant rien de bien extraordinaire. Mais, pour une première tentative, ce n'est pas si mal.

Storm aide ensuite les plus petits. Ses doigts volent au-dessus des fournitures, réparent les trous, lissent ou remplacent les morceaux de papier trop froissés.

– Bravo, champion, félicite-t-elle un enfant.

– Waouh, c'est vraiment ta première fois ? Tu es drôlement doué, dit-elle à un autre.

Tous se délectent de ses louanges, les yeux brillants. Je parie que je la regardais comme ça, moi aussi, avant qu'elle s'en aille.

En fait, c'est toujours le cas.

L'herbe scintille, jonchée de paillettes et de sequins. Une fois l'atelier terminé, une foule de lanternes multicolores sèche au soleil le long du tipi.

Pendant que Tess se charge d'essuyer des dizaines de petites mains poisseuses et de préparer des litres de tisane pour les adultes, Storm et Amber placent une bougie dans chaque lanterne puis les attachent à des bâtons avec du fil de fer pour que nous puissions les transporter. Tout est prêt.

Ma mère avait raison : je m'amuse comme une petite folle.

Tess apporte un grand moule rempli d'un gâteau sombre, dense et collant qu'elle découpe en petites parts pour que tout le monde en ait. C'est du *carrot cake*, et il est délicieux.

– Vegan ? l'interroge Storm, sans même attendre sa réponse. Miam. J'avais faim.

Après avoir bu une tasse de tisane ressemblant à de l'eau de vaisselle, elle se roule une cigarette. Je détourne les yeux pour ne pas voir ce qu'elle y met.

Au même instant, Zak et Mouse remontent du parking avec de grandes boîtes enveloppées de sacs poubelle.

– Qu'est-ce que c'est ? s'enquiert Tess.

– Tu aimerais bien le savoir, hein ! la taquine Zak.

Ils traversent le campement et s'enfoncent dans la forêt de l'autre côté, en direction du sommet.

Finn passe à son tour en compagnie de quelques garçons. Ils vont installer d'énormes haut-parleurs sur le site de la fête. Les femmes aux cheveux roses préparent des sandwichs au beurre de cacahuète, à la pâte à tartiner ou à la crème de champignons. Amber mélange du punch dans une grande marmite. J'aperçois plusieurs bouteilles de rhum et de vodka vides derrière sa tente.

– Il faut beaucoup de fruits, m'explique-t-elle en découpant des pommes, des oranges et des citrons. Pour l'énergie. Tu veux bien t'occuper de la boisson des enfants ?

Les deux sœurs en tee-shirt fluo m'aident à concocter une mixture de limonade bon marché, de Coca et de jus de pomme. C'est infect. Je confie à Amber :

– Il faut beaucoup de sucre et de E machin chose. Pour l'insomnie.

Elle rit.

Pendant ce temps, ma mère dispose près du tipi des palettes de maquillage, des pinceaux, des éponges, un miroir et un bol rempli d'eau. Elle appelle l'une de mes assistantes et lui dessine des rayons de soleil et un arc-en-ciel sur le visage. Puis c'est au tour de sa sœur, qu'elle transforme en papillon.

Bientôt, les enfants font la queue pour se faire maquiller.

– Viens m'aider ! me lance-t-elle.

Terrifiée car je n'ai pas la moindre idée de ce que je dois faire, je m'empare d'une éponge humide et attends ses instructions.

– Commence par une base de blanc, me conseille-t-elle en désignant le petit garçon qui attend. Ensuite, souligne les contours avec de légères touches de gris, en insistant sur les cernes et le creux des joues. Kyle voudrait être un vampire, pas vrai, bonhomme ?

Quand j'ai terminé, elle prend la relève pour peaufiner les détails pendant que je badigeonne de jaune et d'orange le visage d'un futur tigre. Je m'améliore déjà et, de toute façon, les enfants ne sont pas très regardants. Ils rigolent, gigotent, nous réclament des chats, des lions, des sorcières ou des fleurs.

– On fait une super équipe ! se réjouit Storm en

laissant partir son troisième papillon de l'après-midi. Allez, ma puce, on continue !

Nous travaillons ainsi pendant des heures, jusqu'à ce que tous les enfants du site ou presque arborent des visages colorés. Nous demandons une livre par personne, cinquante pence pour les bras et les tatouages, et rien du tout pour ceux qui connaissent Storm ou n'ont pas d'argent sur eux. Au total, nous récoltons trois livres cinquante.

Lors d'une pause jus d'orange, Storm me dessine sur le bras une liane ornée de feuilles vert tendre et de minuscules fleurs bleues. Le pinceau me chatouille le poignet, puis me caresse doucement le visage. Dans le miroir fêlé, je me découvre des lèvres vertes, des joues ornées de pétales bleus et de grands cils émeraude qui remontent sur mes paupières.

– À moi ! réclame ma mère en me présentant son minois bronzé.

Je le peins en violet, avec des touches roses et blanches inspirées du motif cachemire d'une de nos couvertures.

Certains adultes viennent se faire dessiner un faux tatouage sur la joue, le bras ou l'épaule. D'autres jouent le jeu à fond et optent pour un maquillage intégral façon oiseau de paradis, champ de fleurs ou ciel d'été.

Mouse nous observe de loin, toujours aussi renfrogné. Je lui fais signe de la main, mais il m'ignore.

Je n'arrête pas de voir passer des petites filles avec des couronnes d'osier, de fleurs sauvages et de rubans dans les cheveux. Tess m'explique qu'elles sont vendues une livre à l'entrée. Elle s'en est d'ailleurs offert une, qui ressort joliment sur ses cheveux bruns. Je file chercher mon appareil photo afin de tirer son portrait et celui de Storm.

Au centre du campement, les festivaliers sont en train de déballer paniers, glacières et cabas sur des couvertures pour le grand pique-nique du solstice. Deux hommes vendent de la bière, des chips, de la limonade, de l'eau et du chocolat. Un autre remonte du parking en poussant lentement devant lui une brouette pleine de bouteilles.

Tess a enfilé une robe en velours vert, et Storm réapparaît bientôt en débardeur blanc et sarouel rose. Le moindre de ses mouvements fait tinter un millier de petites clochettes, cousues sur des bandes de coton blanc autour de ses chevilles.

Après avoir rangé le maquillage dans un sac, elle se dirige vers le sommet de la colline. Elle ne m'invite pas à l'accompagner. Un miroir fêlé, oublié dans l'herbe, me renvoie un éclat argenté. Je le récupère.

Le pouls grave et régulier des percussions résonne de nouveau au loin. Le barbu, Carl, accorde son violon. Tout le monde s'assied pour boire et manger, car c'est déjà le soir et l'heure de la fête approche.

La plus âgée des deux sœurs fluo se matérialise près de moi, papillon rose et bleu en robe brodée.

– Tu veux que je te coiffe ? me propose-t-elle.

Elle me prend par la main et me conduit dans l'ombre fraîche du tipi.

J'en profite pour passer un jean et un tee-shirt propre, en prenant garde à ne pas abîmer mon maquillage. La petite étale mes boucles sur mes épaules pour les brosser.

– Je m'appelle Cara, dit-elle. J'ai huit ans. Et toi ?

– Douze.

– Tes cheveux sont super longs ! Tu peux t'asseoir dessus ?

– Presque.

Elle me dévisage avec concentration, comme si j'étais sa Barbie préférée. Puis elle retire sa couronne de fleurs et y prélève deux rubans – un rouge et un vert. Elle soulève une fine mèche sur mon front, maintient un des rubans à la base et me demande de la tresser. Je m'exécute, obtenant une fine natte striée de rouge. Nous répétons l'opération de l'autre côté avec le ruban vert.

– Je fais souvent ça pour ma sœur.

– Tu es douée !

Je suis sincère. Je sors le miroir de ma poche pour me regarder, peinant à me reconnaître sous le maquillage. Une épaisse crinière brune encadre mon visage.

Finalement, je ne devrais pas hésiter à porter mes cheveux lâchés. Ça me change ; je parais plus âgée, plus sauvage.

Et bien moins effrayée.

10

Quand le pique-nique se termine, il fait déjà presque nuit. Nous grimpons à travers bois à la lumière des lanternes, écrasant fougères et brindilles au rythme des percussions et des notes du violon. Pendues à mon bras, Cara et sa petite sœur Kai m'entraînent autant qu'elles me ralentissent.

Quelques minutes après avoir franchi le ruisseau, nous débouchons au sommet de la colline.

– Waouh !

Des banderoles multicolores et d'immenses drapeaux ont été hissés sur de grands pieux. Des basses nous parviennent depuis l'amas de rochers où sont installés un générateur, les haut-parleurs et une petite scène improvisée à partir de planches et de palettes. Deux dômes de toile se dressent dans l'herbe, un peu de travers, comme s'ils s'apprêtaient à dévaler la pente. Et tout en haut trône le bûcher, gigantesque tour de branches et de petit bois.

Soudain, la musique s'arrête, laissant le champ libre aux percussions qui redoublent d'intensité. Une grande silhouette apparaît à flanc de colline, trois torches enflammées dans les mains. Son visage et ses bras sont ornés de flammes rouge, orange et jaune. Sans ses cheveux blonds et son jean déchiré, je n'aurais jamais reconnu Zak.

Il soulève les flambeaux au-dessus de sa tête, en lance un vers le ciel, puis un autre, puis un autre. Ils dessinent un cercle parfait dans les airs avant de revenir dans ses mains. Mouse contemple son père avec de grands yeux émerveillés.

Zak continue à jongler, de plus en plus haut, avant de propulser les torches une à une vers le bûcher. Et tandis que les flammes lèchent doucement la mousse sèche et le papier journal glissés entre les branches, une violente explosion retentit derrière nous, illuminant la nuit d'un million de petites étoiles blanches.

– Un feu d'artifice ! piaillent Cara et Kai en trépignant de joie.

Voilà donc ce que renfermaient les boîtes transportées un peu plus tôt par Zak et son fils !

Il y a des fusées simples, des fontaines, des sifflets et même des roues de feu fixées au pied des drapeaux. Les enfants, à qui on a distribué des cierges magiques, écrivent leur nom dans les airs, dessinent des zigzags, des tourbillons, des étoiles. Les lanternes luisent comme des vitraux autour du feu de joie qui rugit et crépite.

À peine le spectacle terminé, la musique reprend. Storm passe à côté de moi, petite figure mince et virevoltante. Elle m'attrape par la main pour que je vienne danser. Cara ne me quitte toujours pas d'une semelle. Tout autour de nous, les gens posent leurs lanternes et se joignent à la longue ribambelle ondoyante qui s'enroule autour de la colline, de plus en plus près du grand feu.

Carl tourne dans le sens opposé, ses doigts voletant à toute vitesse sur son violon. Derrière lui viennent les percussionnistes, une femme avec une guitare, Zak qui jongle, et Amber avec un tambourin orné de longs rubans.

Je repère aussi un joueur de pipeau. Son visage est maquillé de feuilles vert sombre, mousseuses et ourlées. De longues dreads cachent à moitié ses yeux bleu-vert.

Finn.

Je danse jusqu'à ne plus pouvoir respirer, jusqu'à ce que nous ayons fait le tour de la colline au moins trois fois, que la ribambelle se disloque et que Cara, Kai et beaucoup d'autres s'éloignent pour boire ou reprendre leur souffle.

Nous sommes une poignée à grimper sur la scène où la sono diffuse un album d'Oasis à plein volume.

Pendant un moment, Storm et moi tournons l'une autour de l'autre en tapant du pied, le dos cambré, les hanches souples et les bras tendus, hors d'haleine et hilares. Puis Zak s'immisce entre nous et la prend par les mains. Je recule d'un pas, ralentis et finis par m'éclipser.

Je débourse une livre pour de l'« eau de source gazeuse » qui s'avère être le liquide tiède au goût métallique du robinet du campement. Au moins, ça désaltère. À défaut de retrouver ma lanterne, j'en récupère une qui a été abandonnée, puis je retourne m'asseoir près de la scène pour regarder Storm danser.

Ma mère, cette inconnue si belle et exotique. Elle rejette sa tête rasée en arrière, les yeux fermés, les lèvres entrouvertes, en transe. Son piercing au sourcil réfléchit la lueur des dizaines de lanternes en papier. Ses coudes marquent la mesure, ses bras voltigent, elle n'en finit plus de tourbillonner.

Elle est incroyable, électrique, indomptable. Son énergie suffirait à alimenter le festival pendant une semaine.

Des enfants se trémoussent autour d'elle et s'illuminent quand elle leur caresse les cheveux. Les hommes la contemplent, eux aussi, captivés par son sourire. Certains dansent tout près d'elle, flirtent, crânent, en quête d'un clin d'œil ou d'un sourire. Zak lui pose les mains sur le visage pour revendiquer sa place, mais lui non plus ne parvient pas à tenir le rythme. Quelques minutes plus tard, il reprend ses torches et disparaît dans l'obscurité.

Bien que je n'aie pas le droit de l'appeler « maman », je suis sa fille. Je ne la connais pas encore vraiment, mais ça viendra.

Finn s'assied près de moi.

– Ça te plaît ? me demande-t-il sous son maquillage.

– J'adore ! J'ai l'impression de rêver. Tu ne m'avais pas dit que tu jouais du pipeau !

– J'ai toujours aimé la musique, et, dans les festivals, on se fait vite enrôler. Et toi ? Je t'ai vue arriver avec une guitare hier.

– Je ne suis pas très douée. Je débute à peine.

– Je pourrai te montrer quelques accords, si tu veux.

– Avec plaisir. Tu joues d'autre chose ?

– Du piano, et un peu de flûte. Plus tard, j'aimerais étudier la musique, ou monter un groupe, ou les deux.

– Voilà donc ce que tu feras quand tu en auras marre d'être sur la route !

– Absolument, réplique-t-il en riant. Tu verras.

Je le crois.

– Je te préfère avec les cheveux détachés, reprend-il.

– Et moi je te préfère avec du maquillage.

– Hé ! Bon, OK, je l'ai cherché. Mais c'est sincère, tu fais plus… mûre comme ça.

– Merci. Et toi, tu fais plus… vert. (Je cherche

quelque chose de drôle à dire.) Tu te fonds mieux dans le paysage.

– C'est bon, c'est bon, tu as gagné. On bouge ? Je ne voudrais pas prendre racine.

Nous nous dirigeons vers le feu de joie dont les flammes se dressent vers le ciel. Il fait trop chaud pour rester longtemps à côté, alors nous nous asseyons sur un tronc d'arbre, les joues brûlantes et le dos transi.

– Il y aura des pommes rôties tout à l'heure, m'annonce Finn. Avec des raisins secs et du miel à la place du trognon. Tess en a enfoui une cinquantaine dans les braises, enveloppées dans du papier alu.

– Ta mère est super.

– La tienne aussi.

Avant que je puisse l'interroger davantage au sujet de Storm, un enfant pâle se plante près du feu juste devant nous. Mouse. Il fixe les flammes d'un air fasciné, la bouche ouverte.

Il n'a pas l'air de sentir la chaleur. Sous nos yeux, il attrape une longue branche noircie et l'enfonce dans le brasier. Les bûches rougeoyantes s'effondrent en craquant, le petit bois du dessus dégringole et un morceau de palette en feu atterrit à quelques centimètres de lui. Les flammes redoublent d'intensité, projetant des étincelles autour d'elles.

– Mouse !

Finn est déjà debout. Il lui arrache le bâton des mains et le jette dans les braises.

– Attention, le gronde-t-il, c'est dangereux. Tu pourrais te blesser. On doit traiter le feu avec respect.

Mouse se recroqueville, la lèvre inférieure tremblante. J'interviens :

– Tu nous as fait peur. Ces branches auraient pu te tomber dessus.

Il ne me regarde même pas.

– Tu as soif ? enchaîne Finn en lui tendant sa canette de Coca.

Mouse s'en empare et s'enfuit.

– Il a un problème ?

– Oh oui, et pas qu'un seul.

11

Je suis vidée. J'ai dansé à en avoir mal aux pieds malgré la musique d'un autre siècle.

Finn recommence à jouer, sur scène cette fois, avec Carl, la femme à la guitare et les percussionnistes. Ce n'est pas un vrai groupe, ils sont loin d'être connus, mais ils sont drôles et entraînants. Tout le monde danse et chante avec eux.

Plus tard, Finn s'assied au bord de la scène avec la guitare pour interpréter quelques chansons que je ne connais pas. Personne ne fait vraiment attention à lui, à part Tess, une poignée d'autres personnes et moi. J'aperçois aussi Mouse, assis dans un coin au clair de lune, les bras passés autour de Leggit. Il écoute avec concentration.

Quand je me retourne peu après, il a disparu.

Plus haut, quelques personnes sont étendues dans l'herbe, contemplant le ciel ou ronflant comme des sonneurs là où elles se sont écroulées. La musique ralentit, s'adoucit. Plus personne ne danse. Tess s'installe près de la scène, enroulée dans une couverture, afin de raconter des histoires aux petits trop têtus ou trop excités par mon cocktail « E machin chose » pour aller au lit.

Storm observe les étoiles près du feu. Elle me montre la Petite et la Grande Ourse, m'explique qu'elles ont été placées là par le dieu romain Jupiter, qui avait ensorcelé une nymphe et son fils.

– Tu vois ces points brillants sur la Grande Ourse ? Cette forme de casserole à la poignée un peu tordue ? On l'appelle aussi le Grand Chariot. Si tu prolonges la ligne formée par les deux étoiles du bout, tu tombes sur une troisième, très lumineuse, à l'extrémité de la Petite Ourse. C'est l'étoile Polaire, le plus magique des astres du ciel. Elle est visible dans tout l'hémisphère Nord, au Népal comme au Maroc. Où que tu sois, Dizz, prends le temps de regarder les étoiles.

– Il n'y a pas d'étoiles à Birmingham. Le ciel est orange à cause des milliers de lampadaires. On ne voit rien du tout.

Elle me caresse les cheveux.

– L'étoile Polaire est *toujours* là. Même à Birmingham. Même si tu ne peux pas la voir. Derrière la pollution lumineuse, derrière les nuages, elle est là. Ne l'oublie jamais.

– Promis.

Le jour se lève enfin, drapant sa couverture multicolore sur la vallée en contrebas. Le ciel est strié de mauve et de jaune pâle. Puis le soleil apparaît, gros disque chatoyant teinté de rose et de doré.

– Et voilà, c'est fini pour cette année ! déclare Finn. Tu es fatiguée ?

– Euh…

À vrai dire, je suis au-delà de la fatigue, au-delà de la faim, au-delà de tout. Mes yeux sont secs et irrités, mes pieds tachés d'herbe et de terre parce que j'ai retiré mes baskets il y a des heures pour danser. D'ailleurs, je ne les retrouve plus.

Le maquillage de Finn ne ressemble plus à rien.

– Tu perds tes feuilles… lui dis-je.

– Tu peux parler ! On dirait que tu t'es battue avec une pizza géante.

– Oh, j'aurais bien aimé !

Nous faisons le tour de la colline en quête de mes chaussures. J'en déniche une dans les hautes herbes et l'autre, un peu noircie, à côté du feu de joie.

Plusieurs personnes redescendent les haut-parleurs et le générateur. Les gens s'en vont par petits groupes, traînant derrière eux des lanternes déchirées.

Finn et moi nous frayons un chemin entre les fêtards endurcis qui refusent encore de partir. Carl a repris son violon pour adresser un salut mélancolique au soleil. Nous croisons Storm et Zak qui partagent une cigarette, main dans la main et les yeux tournés vers le lointain.

– Dizzy, ma puce… murmure Storm d'un ton rêveur.

Prise d'une impulsion, je me retourne et dépose un rapide baiser dans son cou. Ma mère, tourbillon humain, danseuse infatigable, reine incontestée de la fête.

Ses tatouages éphémères sont à moitié effacés, soulignant les rides autour de ses yeux et sur son front. Elle semble lasse, vulnérable, malgré le piercing qui brille toujours fièrement à son sourcil.

Près des dômes de toile, la mère de Cara tente de réveiller sa fille.

– Tu veux que je te porte sur mon dos ? propose gentiment Finn à la petite.

Elle accepte, le regard flou. Il s'accroupit pour la faire grimper et lui recommande de bien s'accrocher. Nous traversons les bois d'un pas lent. Après le ruisseau, je fais un petit détour par la cabane où je découvre Mouse affalé sur son sac de couchage, la tête pollue de Leggit blottie contre la sienne.

À l'orée du campement, Finn a un ultime sursaut d'énergie et se met à galoper entre les arbres, sautant par-dessus les cordages et slalomant entre les tentes. Cara pousse des cris de joie. Un type aux yeux injectés de sang sort en rampant de son antre pour les couvrir d'injures. Finn s'arrête pile devant lui, lui fait la révérence et laisse Cara glisser sur le sol.

– Idiot, le gronde Tess avec affection. Tu vas réveiller tout le monde.

– Mais c'est le matin ! L'heure de se lever, de bouger, d'être heureux !

– Non. C'est l'heure de se débarbouiller, de manger et d'aller dormir. Pas de discussion.

Cara file rejoindre sa mère et nous nous asseyons par terre avec Tess. Je me démaquille de mon mieux à l'aide du gant de toilette et du saladier d'eau savonneuse qu'elle a préparés. Elle me prend le gant des mains pour terminer le travail à ma place, puis astique le visage de Finn comme si c'était encore un petit garçon de six ans. Il me sourit, la peau brune et luisante, le menton dégoulinant.

Tess nous sert ensuite des tasses de jus de pomme chaud et des céréales agrémentées de morceaux de banane. Je bâille à m'en décrocher la mâchoire. Après leur avoir souhaité une bonne nuit, je regagne mon tipi d'un pas chancelant.

Je me retourne une seconde sur le seuil pour contempler le campement. Le marchand de sable est passé sur les tentes multicolores ; on n'entend pas un bruit, à part les aboiements d'un chien quelque part dans la forêt.

La lumière du petit jour est translucide, rose et tremblante. On dirait que le monde vient tout juste de naître.

12

Je dors toute la journée, ne me réveillant que le soir pour avaler un bol de soupe de légumes avant de me recoucher. Les nuits blanches, c'est drôlement fatigant. Le campement est rempli de gens endormis aux gestes lents, qui fument en souriant et tentent de reprendre des forces.

Le lendemain, Finn et moi arpentons la colline autour des cendres du feu de joie. Nous remplissons des sacs poubelle de toutes les canettes, bouteilles et autres ordures qui jonchent le sol – un pour le verre, un pour le métal, deux pour les déchets variés. Nous trouvons des restes du feu d'artifice, des rubans perdus, des papiers de bonbon, des mégots de cigarette, des lanternes écrasées, des pots de confiture noircis. Tout en ramassant un énième gobelet en carton poisseux, je demande :

– Pourquoi on fait ça, au juste ?

– Pour la planète. Pour les animaux, pour les arbres.

Et parce que le propriétaire du site nous a payés cinq livres.

– On s'est fait arnaquer.

Dans un dernier sac, Finn entasse les objets trouvés. Deux montres, un pull bleu, une paire de bottines à lacets pointure 45, un blouson en daim, un bracelet en argent, cinq briquets en plastique, un téléphone portable cassé, un gilet d'enfant, une écharpe à pois, un portefeuille contenant dix-sept livres, vingt-quatre pence et une carte de crédit.

– Qu'est-ce qu'on va faire de tous ces trucs ?

– On va les disposer sur une couverture en bas pour que les gens puissent les récupérer. S'ils ont de la valeur, ils nous donneront peut-être cinquante pence en échange. Et je vendrai les briquets dix pence pièce.

– Tu comptes leur revendre les affaires qu'ils ont perdues ?

– Pourquoi pas ? S'ils y tenaient vraiment, ils seraient venus les chercher hier. On leur rend service, non ?

Après avoir déposé le sac des objets trouvés sous la tente de Tess, nous descendons les ordures, les canettes et les bouteilles jusqu'au parking. Il y a des conteneurs au bout d'un chemin de terre un peu plus loin, et des bacs à recyclage dans le prochain village, juste derrière l'école. La mère de Finn nous a aussi confié de l'argent et une liste de courses afin que nous rapportions quelques provisions.

La route est longue, surtout quand on est chargé de lourds sacs brinquebalants. Quelques habitants nous regardent de travers lorsque nous entrons dans le village. Je fais de mon mieux pour les ignorer, à l'image de Finn qui n'en a clairement rien à faire.

Nous jetons les bouteilles dans le bac à verre, au fond duquel elles explosent bruyamment, puis nous aplatissons les canettes pour les glisser dans le collecteur voisin.

Finn s'essuie les mains sur son jean.

– Et maintenant, place au shopping !

Nous commençons par la poste car je voudrais envoyer une carte postale à mon père. Le silence se fait lorsque nous poussons la porte. Tout le monde nous observe. Je choisis un joli paysage de montagne et me dépêche de régler.

Une fois dehors, je m'étonne :

– Pourquoi ils sont aussi... bizarres ? On dirait qu'ils n'ont jamais vu de jeunes de notre âge.

– Des jeunes, si, réplique-t-il. Mais pas des « traîne-savates », comme ils nous appellent. C'est la première fois qu'on organise un festival ici. Les gens ont toujours peur qu'on leur vole des trucs, qu'on vende de la drogue à leurs gosses ou je ne sais quoi. Peu importe.

– Mais... je ne suis pas une traîne-savate !

Une lueur amusée passe dans ses yeux.

– Ah non ? Et tu es quoi, alors ?

Je me mords la lèvre sans répondre.

Je porte encore mon tee-shirt de la veille, sur lequel une des canettes de tout à l'heure a laissé une grosse auréole brune. Mon jean est couvert de cendres, avec une grosse tache poisseuse sur la jambe là où j'ai fait tomber ma tartine de miel du petit déjeuner. Il y a des traînées de terre et d'herbe verte sur mes nouvelles baskets bordeaux. Je me suis brossé les cheveux en me levant mais, vu le vent qu'il fait, je dois être toute décoiffée, comme cela arrive systématiquement quand je ne les attache pas. Et, pour couronner le tout, j'ai laissé Cara me dessiner une fleur au feutre sur la joue avant de partir. Je ne me suis même pas regardée dans le miroir.

Je réponds tristement :

– Je suis juste moi. Dizzy.

– OK. Moi, ça me suffit.

À l'épicerie, il sort la liste de Tess et commence à remplir un panier de pain de mie, de lait, de fromage et de pâtes. Je m'aventure dans le rayon voisin à la recherche de thé, et je m'arrête net. Mouse se tient devant moi, à la caisse, toujours flanqué de Leggit qui renifle les étalages de fruits et de légumes.

– Ne laisse pas ton chien tripoter les produits, petit. Ce n'est pas hygiénique, dit la caissière tandis qu'il pose un Coca, une boîte d'allumettes et une poignée de bonbons sur le tapis. Tu n'as pas assez, ajoute-t-elle en comptant les pièces qu'il lui tend. Tu vas devoir laisser la canette. Et si tu prenais ça à la place ? C'est moins cher.

Elle se contorsionne pour attraper une petite bouteille de soda derrière elle.

Au moment où j'ouvre la bouche pour proposer à Mouse de régler pour lui, je le vois fourrer des barres de chocolat dans ses poches, puis ramasser à toute vitesse les bonbons et les allumettes. Le temps que la femme se retourne, il est déjà sorti du magasin comme une fusée, Leggit sur les talons.

J'en reste bouche bée.

– Stop ! crie la caissière. Reviens ici !

Alors qu'elle semble sur le point de lui courir après, elle nous repère, Finn et moi. Son visage se durcit.

– Il est avec vous ? nous demande-t-elle. Vous l'avez vu, pas vrai ? Il a volé des chocolats ! Saleté de festival. Tout le monde savait que ça ne nous apporterait que des problèmes.

Finn s'approche de la caisse et pose son panier sur le tapis.

– Non, il n'est pas avec nous. C'est la première fois que je le croise. Mais je vous rembourserai ce qu'il a pris. Deux livres, ça suffira ?

La femme scanne nos articles en ronchonnant et ajoute au total le prix de ce que Mouse a volé. Finn attrape deux sacs en plastique dans lesquels nous rangeons nos courses en silence.

– Voilà ce qui se passe quand on laisse ses enfants sans surveillance... On se demande ce que font les parents... Sans doute en train de cuver leur bière – ou pire. On essaie d'être gentille et, en échange, qu'est-ce qu'on a ? Des petits voleurs et des chiens qui viennent baver sur les fruits et légumes. Je n'aurais jamais dû le laisser entrer. C'est répugnant.

– Vous voulez que je paie pour ça aussi ? propose Finn d'un ton affable.

– Pff, non, ça ira. Mais dites à votre bande de copains pouilleux de garder ce gamin loin d'ici, OK ?

– C'est noté. Bonne journée, madame !

La porte se referme derrière nous. Le soleil brille toujours sur les rues bordées de maisons de carte postale, mais le village paraît froid, sévère et peu accueillant.

– C'était horrible. (J'ai la voix qui tremble.) Cette femme était *horrible*. Comment tu fais pour rester aussi poli ?

– Question d'habitude. Quand on vit sur les routes, on est souvent mal vus. Avant, ça me mettait dans tous mes états, mais ma mère m'a appris que le mieux était de rester calme. De leur montrer qu'on vaut mieux que ce qu'ils croient.

– Oui, mais Mouse...

– Quel idiot, celui-là ! Quitte à voler des trucs, il pourrait au moins essayer d'être discret.

– « Quitte à voler des trucs » ?

Je n'en crois pas mes oreilles.

– Je sais, c'est mal, reconnaît Finn. Mais Mouse n'est pas un enfant très équilibré. Et il vole, c'est comme ça. Il ne va pas arrêter juste parce que je le lui demande.

– Zak et Storm sont au courant ?

– Évidemment. Tout le monde est au courant.

– Oh.

Nous sortons du village. Un vieil homme en train de bêcher son potager s'interrompt pour nous jeter un regard méfiant. Finn lui répond d'un grand signe de la main, en faisant voler ses dreads avec panache. J'insiste :

– Mais ça ne t'atteint pas ? Tous ces gens qui te dévisagent, qui te considèrent comme un moins que rien ?

– Avant, si. Maintenant, je m'en fiche. Je sais qui je suis et ce que je veux faire de ma vie. C'est la seule chose qui compte. Si quelqu'un décide que je ne vaux rien à cause de mes cheveux et de mes vêtements, tant pis. Ils ne me connaissent même pas.

– C'est vrai.

Nous longeons les petites routes pour rentrer, nos sacs de courses à la main. J'essaie d'imaginer ce qu'on ressent quand on grandit dans ce milieu. J'essaie d'imaginer une vie entière à supporter les froncements de sourcils des épiciers, des profs et des vieilles dames.

– Il faut se mettre à leur place, continue Finn. C'est parce qu'on ne leur ressemble pas qu'ils ont peur de nous et nous prennent pour des voleurs, des drogués…

– Mais c'est faux !

Il me fixe d'un air entendu jusqu'à ce que j'admette :

– Bon, d'accord, il y a un peu de vrai. Mais ce n'est pas si terrible !

– Tu crois ? En tout cas, j'espère pour Mouse que Zak n'aura pas vent de ce qui s'est passé. Le petit est déjà assez perturbé comme ça. Sa maman lui manque et il n'a jamais demandé à venir ici… Tess pense que sa cleptomanie est une façon d'appeler à l'aide.

– Il veut attirer l'attention.

– Ouais, sauf que les réactions de son père ne risquent pas d'arranger les choses. Après son dernier savon, il était complètement terrorisé.

Nous avançons un moment en silence, le temps que je digère ces informations.

– Elle a quoi, sa mère ? Elle est malade ?

– Plus ou moins.

– Tu veux dire qu'elle l'a abandonné, comme… comme Storm m'a abandonnée ?

Contrairement à moi, Mouse n'avait personne pour s'occuper de lui. Voilà pourquoi on l'a transbahuté à l'autre bout du pays, chez un père dont il se souvenait à peine et une belle-mère qu'il ne connaissait pas.

Le pauvre…

– Sa mère ne l'a pas abandonné, me corrige Finn. Elle n'a pas eu le choix. Elle a… de gros problèmes. Elle n'est pas en état de prendre soin d'elle-même, et encore moins de lui.

– Mais pourquoi ?

Il donne un coup de pied dans une motte de terre alors que nous empruntons le chemin escarpé qui mène au campement.

– Autant que tu le saches : Mouse est ici parce que sa mère est une junkie. Une accro à l'héroïne, une camée. En ce moment, elle est en cure de désintox à Londres.

Je le contemple avec de grands yeux.

Que répondre à ça ?

13

Cher papa,

Ça fait cinq jours maintenant que je suis au festival, et c'est génial ! On dort dans un tipi. C'est un peu bizarre – je crois que je préfère mon lit à la maison. Mardi prochain, on part pour un autre festival, où Storm m'a dit que tu devais nous rejoindre. J'ai super hâte de te revoir. Tu me manques. À très vite !

Gros bisous,

Dizzy

– Qu'est-ce que c'est ? me demande ma mère lorsque je repose mon stylo.

– Une carte postale pour papa.

– Je peux la lire ?

Je la parcours rapidement en me demandant si elle sera vexée par mon commentaire sur le tipi, ou par le fait que mon père me manque. Je décide que non et la lui tends en expliquant :

– Je la posterai plus tard. J'ai oublié d'acheter un timbre.

L'accueil a été si glacial au bureau de poste que je me suis dépêchée de filer avant de finir congelée. Je ne suis vraiment pas pressée d'y retourner.

– Tu veux que je m'en occupe, ma puce ? Je dois passer au village de toute façon. Jim Dean a pris rendez-vous pour une séance de lithothérapie, et Zak aura besoin de calme. Tu voudras bien tenir Mouse à l'écart ?

– Aucun problème. Merci, Storm !

La lithothérapie est la spécialité de Zak. Il prend ça très au sérieux ; personne n'a le droit d'approcher du coffret en bois où il range ses cristaux, ni du tipi lorsqu'il y reçoit un patient.

Ma mère m'a expliqué qu'il s'agit d'un art ancestral. Les petites pierres de Zak sont gorgées d'énergie tellurique qu'il canalise grâce au magnétisme de ses mains. Sachant que la séance coûte vingt livres, j'imagine que Jim Dean, un barbu squelettique aux cheveux longs et à l'air endormi, prend ça très au sérieux lui aussi.

– Il a la goutte, murmure Finn. Chaque fois qu'il boit un coup de trop, ses pieds lui font souffrir le martyre.

– Et Zak peut le soigner ?

– Ça m'étonnerait. Mais ça lui fera autant d'argent de moins à dépenser en alcool.

Je réprime un gloussement. Storm se tourne vers moi, les sourcils froncés.

– Tu sais quoi, dit-elle, quand tu auras d'autres cartes à envoyer à Pete, donne-les-moi. J'y ajouterai un petit mot avant de les poster.

– Ça marche, merci ! De toute façon, je vais le voir bientôt.

– Bien sûr. Très bientôt.

Quand elle revient du village un peu plus tard, elle est folle de rage. C'est la première fois que je la vois dans cet état.

Elle traverse le campement d'un pas furieux, balance son sac à dos par terre et écarte Tess sans ménagement lorsque celle-ci lui rappelle que Zak est occupé.

Je pose ma guitare et bondis sur mes pieds.

– Storm ? Maman ? Qu'est-ce qui se passe ?

Elle m'ignore et se dirige droit vers le tipi, dont elle soulève la porte de toile.

– Zak ! tonne-t-elle. Il a recommencé ! Ce sale gamin a recommencé !

Tess, Finn et moi nous précipitons à sa suite. Jim Dean, seulement vêtu d'un boxer orange, est étendu à plat ventre sur le sol, une rangée de cristaux posée en équilibre sur sa colonne vertébrale. Les mains de Zak dessinent des signes mystérieux au-dessus de sa tête.

– Pas maintenant ! proteste Zak. Quoi qu'il ait fait, ça peut attendre. Je suis en pleine…

– Non ! Ça ne peut *pas* attendre !

Les mains de Zak retombent le long de son corps. Jim se lève, éparpillant les cristaux autour de lui, et s'enroule dans un paréo *tie and dye*.

– On avait presque fini, de toute façon, murmure-t-il en attrapant son tee-shirt avant de sortir en clopinant.

– Quoi ? grogne Zak.

– C'est Mouse, comme d'habitude ! Il a eu la bonne idée de voler la trottinette d'un gosse du village. Alors qu'il n'a déjà plus le droit d'entrer dans les magasins ! Apparemment, il a volé des chocolats hier. C'est quoi, son problème ? Tu ne peux pas le contrôler ? Fais quelque chose, bon sang ! S'il pointe encore le bout de son nez là-bas, ils vont le lyncher !

– Ça sent mauvais, chuchote Finn. Très mauvais. Je vais chercher le petit. Il faut qu'on rende cette trottinette à son propriétaire avant que ça dégénère.

Il s'éclipse discrètement. Tess me tire par la manche et nous reculons nous aussi de quelques pas.

Zak est rouge de colère.

– Comment sais-tu que c'est lui ?

– Tu connais beaucoup de petits voleurs de sept ans, toi ? Franchement, Zak, ouvre les yeux. Un garçon avec des cheveux bruns en bataille et un grand chien noir et blanc. Qui veux-tu que ce soit ?

– Il a vécu des choses pas faciles.

– Et ce sera encore pire si je l'attrape ! prévient Storm. Dépêche-toi de le reprendre en main, avant qu'on nous envoie les flics. On a de la chance que ce ne soit pas encore arrivé.

Ses yeux lancent des éclairs. Elle fixe Zak un long moment, puis elle baisse la tête, sa colère retombant d'un coup.

Tess m'entraîne hors du tipi et rabat la porte derrière nous.

– Ne t'en fais pas, ma belle. Elle sera bientôt calmée. C'est juste que, parfois, elle porte bien son nom.

– Et Mouse ?

– On ferait bien de retrouver ce petit imbécile avant son père.

14

Mouse est dans un sacré pétrin.

D'un autre côté, ce n'est pas nouveau. Les problèmes, il ne connaît que ça. C'est un voleur, sa mère est une junkie, et son père l'ignore complètement.

Je crois que ça lui convient d'être invisible. Il se sent plus en sécurité comme ça – sauf qu'aujourd'hui, ça ne suffit pas, puisque Finn parvient à le retrouver. Nous le laissons sous la garde de Tess, avec une part de gâteau et du jus de pomme, le temps de rapporter son butin au village.

La tête haute, Finn s'avance au milieu de la rue principale. Il ne bronche pas quand deux enfants le montrent du doigt en riant, ni quand les femmes attroupées devant le bureau de poste interrompent leurs commérages pour le dévisager. Moi, par contre, je ne sais plus où me mettre. Je tente de me cacher derrière mes cheveux. Ne sachant pas à qui rendre la trottinette, nous la laissons devant l'épicerie. Il est hors de question que nous demandions de l'aide à qui que ce soit.

– On l'a retrouvée, annonce Finn à la cantonade. Et on vous l'a ramenée. OK ?

Les femmes secouent la tête avec une grimace dégoûtée. Un petit garçon nous tire bruyamment la langue avant de courir se cacher dans un coin.

Finn entre acheter deux Coca. Terrifiée, je ne le quitte pas d'une semelle. Quand nous ressortons, la rue est déserte et la trottinette a disparu.

– Fichu gamin, grogne Finn en ouvrant sa canette.

Je prends la défense de Mouse, bien que je ne pense pas un mot de ce que je dis :

– Il ne pensait pas à mal. Et tout est arrangé. Même s'ils vont forcément nous en vouloir, au village…

– Sans blague.

Lorsque nous regagnons le festival, la musique s'est tue et l'ambiance est morose. Quelques personnes emballent déjà leurs affaires et parlent de reprendre la route.

Zak est en train de remonter les bretelles de Mouse. Difficile de hausser le ton dans un tipi sans que tout le monde entende.

– Il ne lui aura pas échappé longtemps, soupire Finn.

Storm et Tess profitent des derniers rayons du soleil, une tasse de tisane à la main. Elles ont l'air tristes.

– Zak se met toujours dans une colère noire, regrette Storm. Pauvre Mouse.

A-t-elle oublié que c'est sa réaction qui a provoqué la colère de Zak ? Et toutes les horreurs qu'elle a dites sur le petit garçon ?

C'est possible.

– Allez, viens, ma puce, me lance-t-elle en me prenant par les épaules. On va essayer de le calmer.

– Dizzy peut rester avec moi, suggère Tess.

– Non, Tess. C'est une affaire de famille. Nous sommes tous concernés.

Je déglutis en songeant aux « affaires de famille » que papa et moi avons dû gérer seuls pendant qu'elle faisait la fête à Katmandou ou à Marrakech. À l'époque, elle n'avait pas l'air de se sentir concernée.

Mais il ne s'agissait pas de la même famille. Peut-être que celle-ci a plus de valeur à ses yeux.

Tess et Finn me jettent des coups d'œil compatissants, sans oser insister. Ce serait peine perdue. Storm se dirige vers le tipi et me pousse à l'intérieur. Zak s'arrête au beau milieu d'une phrase, nous dévisage, puis pose les yeux sur Mouse.

– Pff, j'abandonne, grogne-t-il. Tu n'es qu'un bon à rien, une sale petite vermine qui ne sait que mentir et voler. Je ne veux plus te voir.

Mouse tente de le défier du regard, malgré ses lèvres tremblantes et la grosse larme qui roule sur sa joue.

– Zak, n'oublie pas qu'il n'a jamais appris à faire la différence entre le bien et le mal, intervient Storm. Pauvre petit chat. C'est à nous de l'aider à tourner la page et à changer de comportement.

– Comment veux-tu qu'on l'aide à quoi que ce soit s'il n'est jamais là ? Il est à moitié sauvage. À partir de maintenant, Mouse, tu ne bouges plus d'ici. Tu fais ce qu'on te dit. Tu manges avec nous, tu dors avec nous, tu nous donnes un coup de main. C'est clair ?

Le garçon hoche la tête, muet.

– Dizzy, ma puce, tu voudras bien garder un œil sur lui ? me demande ma mère. Vérifier qu'il rentre le soir, lui éviter les ennuis, l'empêcher de traîner dans nos pattes ?

Je ne sais pas quoi dire. Ça représente un boulot à plein temps, et même quelques heures sup.

– Oui, il est temps que tu te rendes utile, renchérit Zak. Les bouches à nourrir, ça va cinq minutes. On n'est pas un orphelinat, que je sache. Ni une colonie de vacances !

Je me fige, comprenant soudain que ma présence est un fardeau pour lui.

– Chut, mon amour, murmure Storm en lui caressant la joue et les cheveux. Dizzy est une gentille fille. Elle va s'occuper de Mouse. Je vais faire une demande d'allocations, et on va former une grande et belle famille !

Zak éclate d'un rire sans joie. Je ne l'aime pas, mais alors pas du tout. C'est d'une petite voix que je le rassure :

– Je ne resterai pas longtemps, de toute façon. Papa doit arriver la semaine prochaine, et je peux aussi l'appeler pour …

– Pas la peine, me coupe Zak d'un ton glacial. Du moment qu'il vient te chercher. À moins qu'il se joigne à notre grande et belle famille ? Plus on est de fous, plus on rit, hein, Storm ?

Mouse se presse contre moi. Il boude toujours, mais sa petite main se glisse dans la mienne, si frêle et délicate que j'ai peur de la briser en la serrant trop fort.

– Ton père sera là d'ici une semaine ou deux, déclare Storm. Si tu l'appelles, ça ne fera que l'inquiéter pour rien. On est heureux que tu sois là, n'est-ce pas, Zak ? On a besoin de toi. Ne nous abandonne pas déjà, ma puce !

Zak s'assied contre une rangée de coussins en velours, tandis que Storm continue à lui caresser la tête.

– Désolé de t'avoir crié dessus, Dizzy, s'excuse-t-il. Il faut dire qu'on a passé une sale journée. Storm a raison, on a besoin de toi pour remettre Mouse dans le droit chemin. Reste encore une quinzaine de jours. Plus, si tu veux. Je suis sincère.

J'opine du chef, abasourdie.

– Tout va bien, murmure ma mère. Tout va bien. On est une famille.

Mouse ne me quitte pas des yeux. Pour la première fois depuis mon arrivée, je commence à comprendre. Lui et moi, on est pareils. On n'a jamais eu de vraie famille, avec deux parents, une maison avec une barrière blanche et un gentil labrador. On nous a donné un puzzle auquel il manque la moitié des pièces, et on doit se débrouiller pour en faire un tableau harmonieux.

Sa mère l'a complètement laissé tomber ; elle ne vaut pas mieux que Storm. On ne se connaît pas beaucoup, Mouse et moi. Pas encore. Mais on sait que la famille, ce n'est pas un jeu.

Storm tartine le fond du pot de beurre de cacahuète sur les dernières tranches de pain où se dessinent déjà des points de moisi, et nous nous asseyons autour du feu. Ça n'est pas très bon et ça ne nous rassasie pas, mais ce n'est pas le moment de se plaindre. Zak et Storm discutent en fumant ; au loin, j'entends Finn jouer du pipeau, puis une chouette crier dans la nuit.

Il est très, très tard quand je suis réveillée par les gémissements de Mouse. Prenant appui sur mes coudes, je jette un regard autour de moi.

– Encore ! C'est pas vrai, mais faites-le taire, grogne Zak tandis que Leggit laisse échapper un jappement plaintif. Bon sang !

Je tends un bras jusqu'au corps de Mouse, enroulé dans une couverture, et je le secoue doucement.

– Hé, réveille-toi ! (Il frissonne et cesse de gémir.) Tout va bien. C'est juste un cauchemar.

Il se tortille pour se rapprocher de moi. Je l'entoure de mon bras. Leggit renifle le sol autour de nous et vient se blottir près de nos épaules, sa longue queue me chatouillant le visage.

Mouse sent le chocolat, le beurre de cacahuète et l'enfant apeuré. Il renifle à intervalles réguliers ; je n'ai pas besoin de porter la main à son visage pour savoir qu'il est trempé de larmes.

Il est terrifié. Je le sais, je le sens, je le comprends.

Parce que moi aussi, j'ai peur.

15

Nous passons la journée à démonter le tipi, à empaqueter nos affaires, à rouler les grandes toiles et à sangler les poteaux sur le toit du van bariolé. Le terrain du festival paraît soudain triste et sale, le sol couvert de traces jaunies à l'emplacement des tentes. Il n'en reste plus qu'une poignée, celles des quelques retardataires trop bien installés pour repartir tout de suite.

Mouse, Leggit et moi rejoindrons le prochain festival dans la voiture de Tess. Zak préfère rouler de nuit pour ne pas se faire remarquer par la police, car son van n'est pas tout à fait en règle. Il attache quelques rubans aux poteaux qui dépassent du toit, ce qui en fait officiellement le véhicule le plus bizarre de l'univers. Si j'étais la police, c'est moi qui ferais un détour pour ne pas l'arrêter. Je signalerais plutôt au FBI la présence d'un OVNI.

Tout le monde s'embrasse, et Storm demande à son

amie de leur réserver une bonne place au Festival arboricole. Puis les premières gouttes de pluie se mettent à tomber, et nous courons à la voiture. Storm et Zak restent plantés au milieu du parking à nous faire signe, trempés jusqu'aux os. Ils disparaissent bientôt au détour d'un virage.

Les essuie-glaces balaient le pare-brise ; Tess est concentrée sur la route, faisant jaillir l'eau des flaques et évitant de son mieux les grenouilles qui croisent notre chemin. Finn, assis à l'avant, se débat avec une carte dépliée qui menace d'envahir tout l'habitacle. Mouse, Leggit et moi nous serrons à l'arrière, entre les valises et les sacs de couchage.

Au bout d'un moment, nous nous arrêtons dans une ville grise et pluvieuse dont nous investissons la laverie automatique. Tess nous apporte de grands sacs poubelle remplis de linge sale que nous répartissons dans quatre machines. Il ne s'agit pas seulement de ses affaires et de celles de son fils : je reconnais les chemises de Zak, le pantalon à rayures de Storm, une poignée de tee-shirts couverts de boue qui doivent appartenir à Mouse, et un lot de jeans, de hauts et de sous-vêtements à moi. Nous aurons bientôt des vêtements propres !

Tess me fait un clin d'œil, verse de la lessive en poudre dans les bacs, lance les machines et regarde sa montre.

– Allons faire quelques courses, d'accord ?

Nous trouvons un supermarché où elle remplit un chariot à ras bord, non seulement de pain, de riz, de fromage et de haricots en boîtes, mais aussi de chocolat en poudre, d'ananas frais, de fraises, de cheesecakes et de jus de pomme. Ensuite, nous retournons à la laverie où nous transvasons nos affaires dans les gros sèche-linges.

J'en profite pour sortir la carte postale que je viens d'acheter.

Cher papa,

Je t'écris depuis une laverie à la frontière de l'Écosse – je n'aurais jamais cru que notre machine à laver et notre fer à repasser me manqueraient, mais c'est le cas ! On devrait arriver au Festival arboricole à la tombée de la nuit. Storm m'a dit que tu nous y rejoindrais bientôt, j'ai trop hâte ! Tu me manques horriblement.

Bisous,

Dizzy

P-S : Tess, Finn et Mouse te passent le bonjour. Et aussi Leggit, la chienne !

Tess me propose de poster ma carte, mais je préfère la glisser dans ma poche pour la montrer à Storm. Elle voudra peut-être ajouter quelques indications pour aider papa à nous retrouver.

Le temps de plier les vêtements propres, de les ranger dans les sacs et de fourrer le tout dans la voiture déjà pleine à craquer, nous sommes tous affamés. L'heure du dîner est passée depuis longtemps. Nous nous dirigeons vers un *fish and chips*, parce que Tess estime que nous avons mérité une récompense et qu'elle n'a pas très envie de se mettre à cuisiner en arrivant.

Finn et elle commandent du poisson frit, moi du poulet au curry, Mouse des frites, du poisson, des beignets de pomme de terre, une saucisse, une mini-pizza, une portion d'ananas grillé, des haricots, du pain et toutes les sauces disponibles. Pendant que le vendeur a le dos tourné, il tente de lui dérober un Twix, mais Tess l'en empêche d'une tape sur la main.

– Je te l'aurais acheté, soupire-t-elle. Tant pis pour toi. Interdiction de voler quand tu es avec nous, Mouse. Il faut demander. On ne se vole pas entre nous, et on ne vole pas les autres. Compris ?

Mouse fait oui de la tête, les yeux rivés à ses pieds.

– Désolé, marmonne-t-il au bout d'une minute.

Tess sourit comme si elle avait gagné au loto et lui ébouriffe les cheveux.

Nous courons entre les gouttes pour retourner nous entasser dans la voiture, où Leggit nous attend derrière le volant, le museau passé par la fenêtre entrouverte. Dès que nous entrons, elle bondit dans tous les sens, dégoulinante et ravie, nous renifle le visage et s'assied sur nos barquettes de nourriture.

En sortant de la ville, Tess emprunte des petites routes qui zigzaguent. La voiture empeste la friture et le curry. Mouse donne sa saucisse et un bon quart de ses frites à la chienne, puis il enveloppe soigneusement ses restes et les met de côté pour plus tard.

Finn fait couler du ketchup sur la carte que Leggit a déjà déchirée d'un coup de patte. Mouse s'endort, la tête posée sur mon épaule. Nous progressons lentement sous la pluie.

Il fait quasiment nuit lorsque nous arrivons enfin. Nous passons sous une immense banderole blanche qui annonce « Festival arboricole » en lettres calligraphiées, et débouchons dans un vaste champ ponctué de quelques tentes et bordé d'une rivière. Nous sommes en avance. La fête ne commencera pas réellement avant le week-end.

Nous éclairons la silhouette d'Amber qui traverse le campement avec des jerricans d'eau, en K-way orange et bonnet péruvien. Elle est installée près de la rivière avec Carl, les deux sœurs fluo et leur maman, ainsi qu'un tas d'autres personnes dont je n'ai jamais entendu parler. Tess va se garer un peu à l'écart de leur demi-cercle en laissant ses phares allumés.

Monter une tente de nuit sous un tel déluge, ce n'est pas une partie de plaisir. Amber et Tess se débattent avec la doublure, Finn déploie la structure télescopique, Mouse et moi maintenons la toile de notre mieux pendant que les autres plantent les piquets et se prennent les pieds dans les cordages. La pluie me dégouline sur le visage et s'infiltre par le col de ma veste.

Le temps de transvaser la literie à l'intérieur, je suis trempée comme une soupe. Finn et Mouse sont partis promener Leggit et chercher les sanitaires qui, d'après la rumeur, incluraient des douches chaudes. Tess me lance une serviette en m'ordonnant de me changer et de me mettre au lit. Je lui obéis sans discuter, encore mouillée mais trop épuisée pour m'en soucier.

Soudain, Mouse et Leggit font irruption sous la tente. La chienne s'ébroue et s'étire en laissant une trace humide sur mon sac de couchage. Mouse se débarrasse de son anorak avant de s'enrouler dans une couverture, tout habillé. Je lui sèche doucement les cheveux avec la serviette.

Finn rapporte de l'eau et Tess allume le camping-gaz pour faire chauffer du lait de soja que nous buvons à la lumière d'une lampe-torche. Mouse dort déjà.

Nous sommes serrés comme des sardines sous cette petite tente, mais ça n'a aucune importance. Durant la nuit, un bruit de moteur éraillé et un faisceau lumineux me tirent brièvement de mon sommeil. Sûrement le van bariolé. Puis le silence retombe, les phares s'éteignent, et j'ai beau tendre l'oreille dans l'obscurité, je n'entends ni Zak ni Storm. Je me retourne et me rendors.

Les rumeurs disaient vrai : il y a bien des douches chaudes. Après avoir dû réclamer des pièces de dix pence à Tess, je me plante sous le jet brûlant afin de me débarrasser d'une semaine de crasse. L'eau devient grise tandis que je savonne ce qui reste du tatouage au feutre de Cara, que je me lave les cheveux et que j'applique mon après-shampoing. Elle s'arrête au bout de quelques minutes, mais je continue à glisser des pièces dans la fente jusqu'à ce que quelqu'un tambourine à la porte pour m'arracher au paradis.

Finn m'attend dehors, les cheveux mouillés, pieds nus dans l'herbe humide.

– J'ai eu peur que tu fondes, me lance-t-il. C'est donc à ça que tu ressembles quand tu es propre ? J'avais presque oublié.

Je lui donne un coup de serviette, et il s'enfuit entre les tentes, les voitures et les vans cabossés. À côté de certains d'entre eux, celui de ma mère paraît presque flambant neuf. Presque.

Il n'y a toujours aucun signe de vie à l'intérieur. Tess, déjà debout, dispose des céréales, du lait et des fraises sur la table. Mouse, qui a sa propre conception de l'équilibre alimentaire, a largement entamé le pot de pâte à tartiner. Leggit se régale des restes de la veille, papier d'emballage compris.

– C'est chouette, ici ! je lance.

– Pourquoi ? m'interroge Finn.

– Je trouve ça beau. La rivière, les arbres, les montagnes au loin… Mais surtout, on a des douches chaudes, des sacs entiers de vêtements propres et plein de bonnes choses à manger. Et je connais déjà du monde, cette fois. Je commence à m'habituer. Il ne manque plus que mon père… !

– Tu en as déjà marre de nous ?

– Pas du tout ! Mais Storm m'a dit qu'il comptait venir quelques jours.

– Tiens, je n'étais pas au courant, fait Tess. Je n'ai pas vu Pete depuis des années ! Il arrive quand ?

– Aucune idée. Il ne devrait plus tarder, je crois.

– C'est bizarre qu'elle ne m'en ait pas parlé. J'avais compris qu'il n'y aurait que toi. En tout cas, je serai ravie de revoir ton père. Ça nous rappellera le bon vieux temps !

Elle se tourne vers Mouse et parvient à nettoyer un peu son visage couvert de chocolat avant qu'il s'enfuie.

Il faudra que je demande à ma mère quel jour papa a prévu de nous rejoindre. Et que je vérifie qu'il a l'adresse du festival. Ça va lui faire plaisir de retrouver de vieux amis comme Tess et Finn, et de rencontrer Mouse, Leggit et Zak. Enfin, peut-être pas Zak.

J'ai tellement hâte qu'il soit là….

16

Cher papa,

On ne s'ennuie pas, ici ! J'ai participé à des ateliers de fabrication de papier, de feutrage et de percussions ! Et mangé des falafels dans de la pita, des beignets de tofu, des sushis aux algues avec des légumes vinaigrés. On m'a dessiné au henné sur les mains, j'ai aidé à sculpter un totem géant et j'ai appris à tresser des bracelets brésiliens. Rejoins-nous vite, tu es en train de tout rater !

Gros bisous

Dizzy

C'est un super festival.

Il y a des stands de chapeaux népalais, de pulls péruviens qui grattent et de miroirs en métal tunisiens. On peut aussi acheter des carillons en coquillages, des bracelets fabriqués avec des fourchettes tordues, du savon aux pissenlits, du shampoing infusé aux herbes…

Tout le monde fait quelque chose.

Storm a collé une affiche sur le van pour proposer ses services de voyante. Un flot continu de curieux défile chaque jour et paie quelques livres en échange de ses prédictions. Elle leur parle d'inconnus grands et ténébreux, de voyages au bout du monde, de bébés, de changements de carrière, de rêves qui vont devenir réalité. Un matin, je l'entends annoncer à Amber qu'elle est arrivée à un carrefour de sa vie et s'apprête à prendre une direction inattendue.

– Les cartes ne mentent jamais, ajoute-t-elle.

Je fronce les sourcils en essayant de me rappeler ce qu'elle avait vu dans les miennes. Plus tard, je demande à Tess :

– Storm peut vraiment prédire l'avenir ? Tout ce qu'elle raconte, c'est vrai ? C'est vrai que les cartes ne mentent jamais ?

Elle éclate de rire.

– Le tarot est un excellent moyen de se faire de l'argent. On aimerait tous savoir ce qui nous attend. Serons-nous heureux ou tristes, riches ou pauvres, aimés ou abandonnés ? En toute franchise, ma belle, je suis mal placée pour te répondre. Il y a belle lurette que j'ai cessé de croire aux contes de fées ; d'après moi, c'est à chacun de se construire la vie qu'il désire.

– Et Storm, elle y croit ?

– Bonne question. Elle dit aux gens ce qu'ils ont

envie d'entendre. Elle ne pense pas à mal; elle est comme ça, c'est tout.

– Donc c'est juste un gagne-pain.

– Plus ou moins, oui.

Storm a-t-elle réellement vu des voyages et des aventures dans mes cartes, ou m'a-t-elle simplement prédit ce qui l'arrangeait ? Je n'ai pas le choix : je dois lui faire confiance, comme Amber et les autres qui font la queue pour avoir un aperçu de leur avenir.

Ceux qui sont assez bêtes pour donner leur argent à Zak, en revanche, méritent presque de se faire escroquer. Entre midi et 16 heures, nous avons interdiction d'approcher du tipi. Je ne comprends pas pourquoi il en fait tout un plat; personne n'a envie d'assister à ça, de toute façon.

Chaque soir, les adultes jouent de la musique, dansent et boivent. Chaque soir, le tipi est bondé, l'air lourd de fumée et de vapeurs d'alcool.

Mouse, Leggit et moi décidons de nous installer dans le van. C'est beaucoup plus calme, il y a des matelas, et on ne risque pas d'être piétinés par des gens soûls au beau milieu de la nuit. Nous nous couchons toujours séparément, chacun dans son lit, comme il se doit. Mais dès qu'il fait sombre, Mouse vient se blottir sous ma couverture et s'endort dans mes bras. Il est si frêle que je m'aperçois à peine de sa présence. Au bout de quelque temps, je ne parviens plus à trouver le sommeil tant qu'il n'est pas là.

Est-ce que ça ressemble à ça, d'avoir un petit frère ?

Il boude beaucoup moins qu'avant. Finn parvient même à le traîner sous la douche, révélant une peau bronzée et couverte de taches de rousseur. Il sent toujours un peu le chocolat, ce qui n'est pas désagréable.

Si on longe le terrain du festival, qu'on traverse le sentier et qu'on suit la rivière dans les collines, on découvre une grande cascade surplombant un bassin bleu argenté. L'eau rugit et tourbillonne dans cette piscine naturelle qui reste glacée même par les jours les plus chauds.

Un vieux châtaigner se dresse sur le côté, offrant un perchoir idéal baigné d'une lumière verte et fraîche, où les feuilles nous griffent la peau comme autant de petites mains rêches.

C'est devenu notre QG, à Finn, Mouse, Leggit et moi. Nous venons y chercher un peu de calme loin du bruit et de l'agitation du festival. Parfois, Cara et Kal se joignent à nous, et il arrive aussi que Tess ou Storm viennent piquer une tête dans le bassin. Mais le plus souvent, il n'y a que nous. Lorsque nous sommes lassés de la musique, du jonglage, des feux d'artifice et des adultes éméchés, c'est là que nous nous réfugions.

Mouse ne sait pas nager. Finn et moi passons des heures, plantés dans l'eau au pied de la cascade, à le faire flotter, à lui expliquer qu'il doit se détendre et imiter la grenouille. Il reste très raide, une jambe traînant toujours au fond par mesure de sécurité. La nage n'est vraiment pas son fort. Sans nous, il coulerait à pic, mais il refuse d'abandonner.

Quand il en a marre, il va s'asseoir sur un rocher au soleil. Il s'entraîne à jongler avec trois balles en velours remplies de riz que Tess lui a fabriquées. Il se débrouille plutôt bien.

Il lance des bâtons à Leggit, fait des ricochets, construit des barrages. Il escalade la paroi à côté de la cascade en s'agrippant à la pierre glissante et verte de mousse. Il suspend une corde à une branche du châtaigner et se balance au-dessus de l'eau, ses pieds effleurant la surface.

Parfois, lorsqu'il croit que personne ne le regarde, il sort une boîte d'allumettes, les craque l'une après l'autre et les laisse brûler jusqu'à ce que la flamme lui lèche les doigts. Il les contemple, fasciné, puis les jette dans l'eau. Chaque fois que je le surprends, je lui confisque les allumettes et lui fais un sermon. Il hausse les épaules et, le lendemain ou le jour d'après, il se trouve une nouvelle boîte et recommence son petit manège. Si je ne l'entendais pas pleurer toutes les nuits, je pourrais presque croire qu'il n'a peur de rien.

Je passe de très bons moments avec mes nouveaux amis, mais un détail me chiffonne : le Festival arboricole bat son plein depuis six jours, et mon père n'est toujours pas là. Quand je demande des nouvelles à Storm, elle se montre évasive et m'envoie balader.

– Comment veux-tu que je devine ce qu'il fabrique ? Il a dit qu'il viendrait, alors il viendra. Ou il nous rejoindra ailleurs plus tard.

– On va où, après ?

– Je n'en sais rien, Dizz ! Il y a un rassemblement dans le Somerset, et le Womad à Reading, et le Green World Festival dans le Yorkshire… Arrête de t'inquiéter !

– Mais papa ne va jamais nous retrouver !

– Je lui transmettrai les infos, voyons ! Lâche-le un peu et va t'amuser.

– Tu as pensé à envoyer mes cartes postales ? Celle de la laverie et celle que j'ai achetée sur le stand de Greenpeace ?

– Évidemment ! Tu devrais vraiment suivre mes conseils. Cesse de harceler ton père comme ça. Tu ne crois pas qu'il a besoin d'un peu de temps pour lui ?

À vrai dire, non, ça ne m'avait pas traversé l'esprit. Mais si elle avait raison ? Si papa était simplement en train de profiter de la vie sans enfant ?

– Il me manque… Je me demandais juste quand je le reverrais.

– Mais je ne sais pas, moi ! Je ne suis pas devin !

– Si, un peu… non ?

Je lui montre l'affiche délavée collée sur la porte du van. « Tirage de tarot, 5 livres. »

Elle lève les yeux au ciel.

– Tu crois encore au Père Noël, ou quoi ? Grandis un peu.

Elle tourne les talons, et les larmes me montent aux yeux face à tant d'injustice.

Plus tard, près de la cascade, Finn s'assied contre le tronc du châtaigner avec ma guitare pour m'enseigner les accords de quelques chansons.

– Quand on joue dans la rue, m'explique-t-il, il faut savoir capter l'attention des passants. Sinon ils ne s'arrêtent pas. Les chansons tristes, ça marche à tous les coups.

« Hey Jude », « Wonderwall », « Yellow »… Sa voix est douce et profonde, ses longs doigts bruns courent gracieusement sur les cordes. On dirait un vrai pro.

– Alors, tu me jetterais une pièce ? me demande-t-il.

– Non. J'économise pour m'offrir un CD de Tino Rossi.

Il prend un air outré et me rend ma guitare. Je me suis beaucoup entraînée ces dernières semaines, et j'interprète « Angels » de Robbie Williams sans la moindre faute. Mais Finn est un prof tyrannique.

– Chante, m'ordonne-t-il.

Je me lance d'une petite voix fluette en essayant de me détendre. Je peux y arriver; il suffit que je me concentre sur la guitare et que j'évite de le regarder. Il doit être mort de rire. Quand on avait huit ans, Jade et moi avons été exclues de la chorale de l'école pour bavardage. Mais si ça se trouve, c'est juste que je chantais faux et qu'ils ne savaient pas comment me le dire. Allez savoir.

– Pas mal, commente Finn. (Je risque un coup d'œil à travers mes cheveux. Il a l'air sincère. En tout cas, il ne rit pas.) Recommence.

Cette fois, il sort son pipeau, teste quelques notes et se joint à moi sur le refrain.

– Génial ! s'exclame-t-il. Je ne savais pas que tu chantais si bien. On va faire un tabac.

– Où ça ?

– En ville ! On peut prendre le bus à condition de se lever de bonne heure. Il passe en bas, au carrefour, et il y en a un autre qui rentre en sens inverse le soir. Ça te tenterait ?

Je baisse le nez. J'adorerais passer une journée en ville, mais si mon père arrivait ? Je l'attends depuis si longtemps, je ne voudrais pas le rater.

– Un problème ? me demande Finn d'une voix douce.

– Non, aucun. C'est juste que… je ne suis pas sûre d'être prête à jouer dans la rue. Et qui s'occupera de Mouse et de Leggit en notre absence ?

– Ils n'auront qu'à venir avec nous ! Mouse sera ravi. Je chanterai un peu – toi, tu n'es pas obligée –, on s'achètera des sandwichs et on ira à la plage. Ça sera sympa. (Il se penche vers moi et glisse une mèche de cheveux bouclés derrière mon oreille, lisant en moi comme dans un livre ouvert.) Tu pourrais en profiter pour appeler ton père d'une cabine…

Je lui saute au cou. Ça n'est pas du tout comme quand je serre mes copines dans mes bras. Sa peau sent l'herbe sèche, l'eau de la cascade et le soleil. Ses cheveux crêpés sont étonnamment doux et lourds sous mes doigts.

– Ça va aller, souffle-t-il. Je te le promets, Dizz.

17

Je suis debout à 7 heures. Je tire sur un bout de ficelle humide, posé dans l'herbe, qui sort de la tente de Tess et Finn. Pas de réaction. Je recommence et, cette fois, je sens une résistance à l'autre extrémité. Un grognement s'élève et la ficelle redevient lâche. Finn l'avait attachée à son gros orteil en guise de réveil.

Quand il nous rejoint dans le van, Mouse et moi sommes déjà en train d'avaler un bol de céréales au lait de soja.

– Salut, lance-t-il, les yeux bouffis et les dreads dans tous les sens.

Je rougis en repensant au contact de ces drôles de serpents sur ma main la veille, et je me dépêche de répondre :

– Salut. Le petit déj est servi.

Finn attrape un bol et va s'asseoir sur la banquette à côté de Leggit. Couchée sur le dos, les pattes en l'air, elle se redresse brusquement lorsqu'elle détecte l'odeur des céréales. Elle pose la tête sur l'épaule de Finn, ses yeux bruns rivés sur le bol, les babines retroussées sur ses crocs blancs. Finn attrape des biscuits pour chien dans le placard et en dépose quelques-uns sur le sol.

Une demi-heure plus tard, nous sommes à l'arrêt du bus. Il arrive quinze minutes après en brinquebalant. Mouse tire la langue à un passager qui le dévisage. Je serre un peu plus fort le foulard violet à franges de Storm que nous avons passé autour du cou de Leggit. Celle-ci aboie, impatiente, pendant que la porte s'ouvre.

– Si le chien vient avec vous, vous devrez payer une demi-place en plus, grommelle le chauffeur.

– Aucun problème, répond Finn en lui tendant l'argent.

Avant de lui remettre les tickets, le type fixe longuement ses pieds nus.

Nous faisons grimper Leggit et l'installons sur un siège, mais elle se relève, tourne en rond un moment et finit par se coucher dans le passage. Chaque fois que quelqu'un veut descendre ou monter, il est obligé de l'enjamber. Le bus se traîne dans la campagne pendant une éternité, récupérant un homme en costume au bout d'un chemin de terre, deux randonneurs qui titubent sous leurs gros sacs et un trio de vieilles dames avec caddies de courses et gilets assortis.

Lorsque nous atteignons enfin la gare routière d'Ayr, il est tout juste 9 heures. La ville commence à s'éveiller. Les boutiques ouvrent, les cafés installent leurs tables sur le trottoir. La journée s'annonce chaude et animée, l'idéal pour gagner un peu d'argent d'après Finn.

Mouse, Leggit et lui longent la rue principale en quête d'un endroit où jouer, pendant que je pars chercher une cabine téléphonique.

– Tu veux qu'on t'accompagne ? m'a proposé Finn.

J'ai décliné d'un geste.

Une fois dans la cabine, je sors ma monnaie de mes poches. Puis je me racle la gorge, je décroche, je m'assure que personne n'attend à l'extérieur, et je glisse la première pièce dans le poste poussiéreux. Ça me fait bizarre d'appeler chez moi depuis une ville inconnue. Finalement, j'aurais peut-être dû demander à Finn de venir avec moi.

Les doigts tremblants, je compose le numéro. La sonnerie me paraît assourdissante.

Il y a un déclic, et une voix de femme s'élève au bout du fil.

– Allô ?

C'est Lucy. La copine de papa.

Qu'est-ce qu'elle fiche chez moi ? Où est mon père ?

Lucy ne dort jamais à la maison. Alors pourquoi est-elle là de si bonne heure, à répondre à notre téléphone comme si c'était dans ses habitudes ?

– Allô ? répète-t-elle. ? Qui est à l'appareil ?

Les yeux fermés, je presse ma main sur ma bouche et j'appuie mon front contre le boîtier métallique en essayant de me souvenir comment respirer.

– Allô ? Dizzy, c'est toi ? S'il te plaît, dis quelque chose ! Ne raccroche pas ! Je vais chercher ton père, il est sous la douche...

Je l'entends appeler : « Pete, Pete ! » Le téléphone me glisse des mains et pendouille au bout de son cordon argenté. Les paroles de Storm tournent dans ma tête : « Tu ne crois pas qu'il a besoin d'un peu de temps pour lui ? »

Je raccroche d'une main tremblante.

Il est 9 heures du matin, Lucy est chez nous, et papa sous la douche. Je ne peux plus me voiler la face. Elle a dormi là. Ça n'était jamais arrivé en ma présence, mais maintenant que je suis partie... Si ça se trouve, elle a emménagé avec lui.

Voilà pourquoi mon père n'est pas encore venu me chercher : il est trop occupé à profiter de sa copine et de sa liberté retrouvée. Il finira par me récupérer, bien sûr, au plus tard pour la rentrée. Mais il n'est visiblement pas pressé de retrouver ses responsabilités de père de famille. Il est heureux. Sans moi.

Quelqu'un tambourine sur la porte de la cabine.

– Tout va bien ? me demande une femme au visage rougeaud derrière la vitre.

Je sors en la bousculant, la gorge nouée. Je me sens idiote et complètement ridicule de m'être inquiétée pour mon père, d'avoir stressé parce qu'il ne connaissait pas l'adresse du festival, de m'être demandé si Storm avait bien envoyé mes cartes. Je regrette qu'il m'ait manqué à ce point.

Je pensais que je lui manquais aussi, qu'il allait venir me sauver, m'emmener loin du vieux van, du monde boueux des festivals, du lait de soja et des tranches de pain piquetées de moisi.

Malheureusement, ça n'est pas près d'arriver.

J'entre dans un grand magasin et me dirige vers les toilettes. Après m'être aspergé le visage d'eau froide, je m'essuie sur mon tee-shirt. La femme de ménage qui passe la serpillière derrière moi essaie de ne pas me fixer avec trop d'insistance. Je m'attache les cheveux et garde la tête haute.

Une fois dehors, je suis les notes de guitare jusqu'à Finn, qui est en train de s'accorder devant chez Marks & Spencer. Il a étendu une couverture rayée sur le trottoir. Leggit est couchée dessus comme une petite antilope au pelage hirsute. Mouse, rêveur, lèche un énorme cornet de glace à la vanille agrémentée de copeaux de chocolat et de deux coulis différents.

– Ça va ? me demande Finn.

– Je n'ai pas envie d'en parler.

Il n'insiste pas.

Nous nous échauffons tranquillement. Finn commence par des mélodies traditionnelles puis enchaîne avec des ballades irlandaises. Mouse a posé sa casquette noire à l'envers sur la couverture. Un passant y jette dix pence, un petit garçon, quelques pièces jaunes. Finn se détend, se laisse porter par la musique. La casquette se remplit peu à peu.

Je sors mon argent de poche pour aller acheter des canettes de Coca, de l'eau pour Leggit et un magazine pour Mouse. En revenant, je trouve ce dernier assis sur un coin de la couverture, les épaules basses et le regard triste. Il est si pâle, petit et maigre que toutes les mères de famille qui passent sortent leur porte-monnaie. Je l'interroge :

– C'est la première fois que tu fais ça ?

– Oh non, je le faisais souvent avec maman. Mais sans la musique.

Ils mendiaient.

Par moments, quand je parle avec Mouse, j'ai l'impression d'avoir cent ans.

Je lui tends le magazine, ouvre les canettes et verse de l'eau dans une boîte de glace vide trouvée dans le caniveau. Nous voilà installés pour la matinée.

Les touristes envahissent les rues tandis que Mouse

feuillette distraitement son magazine et que Finn enchaîne les morceaux. Soit il joue de la guitare, soit il chante et c'est moi qui l'accompagne. La montagne de pièces continue à grandir dans la casquette.

Les gens nous sourient, quelques enfants s'arrêtent pour nous écouter, une vieille dame nous donne même deux livres parce que « Stand by me » est sa chanson préférée de tous les temps. Un type au visage sévère nous apporte une grosse boîte de pâtée « pour le pauvre chien affamé ».

– C'est normal qu'elle soit maigre ! s'offusque Mouse. Elle a du sang de lévrier.

Je finis par m'enhardir et par interpréter « Angels » avec Finn. Pendant trois longues minutes, je parviens à oublier le coup de téléphone, la voix enjouée de Lucy et le fait que mon père n'ait aucune intention de venir me chercher. Ça n'a plus d'importance.

Quand Mouse aperçoit deux policiers au bout de la rue, nous remballons nos affaires et disparaissons dans la foule. Nous avons gagné presque douze livres ! Finn et moi nous arrêtons dans une boulangerie le temps d'acheter des sandwichs, des chips, du soda, du chocolat et des beignets à la crème.

– C'est bon, on a tout ce qu'il nous faut ! déclare Finn. À nous la plage !

Mouse pousse un cri de joie. Tenant fermement le foulard autour de son poignet, il s'élance sur le trottoir avec Leggit. Voyant qu'il a perdu son magazine, je le ramasse en criant :

– Mouse ! Attends !

– Ne te fatigue pas, me conseille Finn. (Il me le prend des mains et le jette dans une poubelle.) Ça ne lui manquera pas.

– Qu'est-ce que tu en sais ?

Il me fixe d'un regard triste.

– Tu n'as pas remarqué ? Le petit ne sait pas lire.

18

Finn demande à des badauds comment se rendre à la plage, et nous descendons une série de petites rues jusqu'à tomber sur une digue bordant une vaste étendue bleu marine. Mouse se fige sur place, bouche bée, les narines dilatées. On dirait qu'il ne va pas tarder à exploser de bonheur.

– Regarde, chuchote-t-il à Leggit. C'est la plage ! La mer !

– Tu ne l'avais jamais vue ? s'enquiert Finn.

– Bien sûr que si, plein de fois ! rétorque l'enfant d'un ton méprisant. Mais pas Leggit.

Finn et moi échangeons un sourire.

Quelques marches nous conduisent sur le sable doux et scintillant. Leggit tire tellement sur le foulard qu'elle finit par se libérer. Elle traverse la plage au pas de course, zigzaguant entre les joueurs de foot, les touristes qui bronzent, les enfants armés de seaux et de pelles. Au bord de l'eau, elle ramasse un gros morceau d'algue qu'elle secoue furieusement avant de venir le déposer aux pieds de Mouse.

– Une algue, souffle celui-ci, fasciné.

Finn, pieds nus et en short, patauge déjà dans les flaques. Il lance un bâton à Leggit.

Mouse et moi retirons nos baskets et nos chaussettes, puis retroussons nos jeans. Le sable chaud nous chatouille les orteils. Mouse se précipite vers les vagues et, les yeux fermés, attend qu'elles viennent lui effleurer les pieds. Je ne l'ai jamais vu si heureux.

Nous longeons la grève vers la droite jusqu'à trouver un petit coin tranquille à l'écart des pique-niqueurs, des baigneurs et des transats. Là, nous étalons notre couverture rayée et déballons nos provisions.

– Hé, attention ou je t'enterre dans le sable ! proteste Finn lorsque Mouse se laisse tomber à côté de lui.

– Désolé, s'excuse le petit garçon avant d'éclater de rire en comprenant que c'est une plaisanterie.

Quand il sourit, il est plutôt mignon.

C'est un véritable festin. Leggit engloutit un double sandwich poulet-crudités, suivi d'un beignet à la crème. Rassasiée, elle repart en trottinant vers le bord de l'eau où Mouse construit un château fort orné de coquillages dépareillés et de morceaux de bois flotté.

– Il a l'air aux anges !

– Ouais, confirme Finn.

Mouse dessine des tourbillons sur le sol avec un bâton, creuse des douves à mains nues autour de son château, se colle des algues sur les oreilles et rugit tel un monstre marin. Il court en rond avec Leggit, entre dans l'eau tout habillé et en ressort dégoulinant. Ses bras bronzés sont blancs de sel, ses cheveux pleins de sable.

Il ressemble à n'importe quel autre enfant sur la plage – en un peu plus maigre, un peu plus débraillé, un peu plus nerveux. Mais tout ce qui compte, c'est qu'il s'amuse, car ça n'a pas dû lui arriver depuis longtemps.

– Et ton père, alors ? Qu'est-ce qu'il t'a dit ? me demande Finn au bout d'un moment.

Je m'allonge sur le sable, les yeux fermés. Au loin, j'entends les pleurs d'un bébé et la musique d'un camion de glaces qui remonte la rue. C'est tournée vers le ciel bleu pâle que je réponds d'un ton léger :

– Changement de programme. Il ne va pas venir, finalement. Pas avant la fin de l'été.

– Un problème ?

– Oh non, rien de spécial, il veut juste souffler un peu avec sa copine. Elle s'appelle Lucy et elle est adorable. Il m'a conseillé de profiter à fond de mes vacances avec Storm.

En tout cas, c'est sûrement ce qu'il aurait fait si je lui en avais laissé l'occasion. Mais si j'avoue à Finn que j'ai raccroché sans lui parler, il va m'obliger à le rappeler pour s'assurer que je n'ai pas tiré de conclusions trop hâtives. Et ça, c'est hors de question. J'ai passé huit ans à croire que ma mère m'avait abandonnée. Je ne survivrai pas un jour de plus si mon père me rejette à son tour. Il a le droit de passer du temps avec Lucy. Ça ne signifie pas qu'il ne m'aime plus.

– Et toi, ça te convient ? insiste Finn en m'observant sous la visière de sa casquette.

– Bien sûr ! Je suis heureuse ici. J'apprends à connaître ma mère. C'est plutôt une bonne chose que papa et moi prenions nos distances.

– Ah bon ?

Il faut qu'il arrête de me regarder comme ça, sinon je vais fondre en larmes.

– Oui. Une très bonne chose.

Je roule sur le ventre et enfouis mon visage dans la couverture. Pleurer n'arrangera rien. Ça ne fera que mouiller le sable.

– Un beignet à la crème ? me propose Finn. Ils sont à tomber. C'est Leggit qui le dit.

Je ris en prenant le dernier du sachet. Il est rond, mou, sucré et crissant de sable. Miam !

Nous avons toutes les peines du monde à convaincre Mouse de partir.

– Allez, viens ! répète Finn plusieurs fois. Je ne

voudrais pas rater le bus. On est déjà restés tout l'après-midi.

– Encore un petit peu, supplie Mouse.

– Non. On a promis à Tess de faire des courses. Il nous faut du pain, des fruits et de la pâte à tartiner. Si on n'y va pas tout de suite, on n'aura jamais le temps !

– S'il te plaît !

C'est la première fois qu'il dit « s'il te plaît ». Pour quoi que ce soit. Finn pousse un gros soupir, vaincu. Je prends le relais.

– Une demi-heure, pas plus. Ensuite, il faudra vraiment, vraiment qu'on y aille. D'accord ?

– D'accord.

Nous arrivons finalement à la gare routière avec sept minutes d'avance. Le bus est déjà là ; le chauffeur lit son journal derrière le volant.

– Une petite glace pour la route ? nous propose Finn.

Nous attachons Leggit à un lampadaire et entrons dans la boutique la plus proche. Finn prend deux Magnum et un cornet vanille-fraise dans le congélateur. Pour dérider un peu le vendeur au moment de payer, je tente de mettre en pratique les conseils de mon ami.

– Belle journée, hein ?

– Humpf, fait le type en allant se planter devant la porte.

Mouse s'est faufilé au fond du magasin avec le sac à dos de Finn, rempli d'algues, de galets et de coquillages. Ses doigts se promènent sur les matelas gonflables, les ballons de plage, les seaux et les pelles en plastique. Il caresse une paire de sandales en caoutchouc rouge et un tuba. Je l'interpelle :

– Dépêche-toi, Mouse. Le bus va bientôt partir.

Je ressors dans la rue ensoleillée, suivie de Finn. Soudain, Mouse jaillit derrière nous comme une fusée.

– Vite ! hurle-t-il. Courez ! Courez ! Leggit, au pied !

– Hé ! Stop ! proteste le vendeur.

Finn détale à son tour. Leggit, paniquée, parvient à se détacher du lampadaire et se lance à leur poursuite. Mon cœur bat à cent à l'heure. Je voudrais courir, j'essaie, mais j'ai les jambes en coton.

Les deux Magnum et le cornet gisent sur le trottoir.

– Finn ! ai-je le temps de crier avant que le vendeur m'attrape par le bas de mon tee-shirt.

Si j'étais plus courageuse, je l'assommerais avec ma guitare.

– Par ici, jeune fille, grogne-t-il.

– Finn !

Je jette un coup d'œil par-dessus mon épaule. Finn rattrape Mouse, le soulève par la taille et l'oblige à faire demi-tour. Leggit bondit autour d'eux comme une folle, bousculant les touristes sans cesser d'aboyer. Derrière, le bus démarre et s'éloigne lentement.

Le vendeur me fait rentrer dans sa boutique sous les regards scandalisés de deux badauds.

– Jan, appelle la police ! ordonne-t-il à sa femme. J'en ai plus qu'assez. La police, j'ai dit !

Une ombre s'encastre dans la porte. C'est Finn, qui pousse Mouse devant lui.

Dehors, Leggit se charge d'engloutir les glaces.

19

Tout le monde nous regarde tandis que nous traversons le magasin pour nous entasser dans un bureau crasseux. J'aimerais pouvoir garder la tête haute, comme Finn. En fait, non ; j'aimerais que la terre s'ouvre en deux et m'engloutisse. Je suis tellement rouge qu'on pourrait faire griller des marshmallows sur mes joues.

Leggit, le museau poisseux, se faufile avec nous juste avant que la porte se referme. Le marchand renifle d'un air dégoûté.

– Alors, on fait moins les malins ? Vous auriez dû réfléchir avant d'agir. Donnez-moi ce sac. Je sens qu'il va intéresser la police.

Il parle du sac que Mouse porte encore sur son dos, celui qu'il a rempli de trésors à la plage et auquel il s'accroche maintenant comme si sa vie en dépendait. Il paraît plus gros et plus lourd qu'à notre arrivée. Pas besoin d'être un génie pour comprendre. Je gémis :

– Oh, Mouse…

Tandis que Finn me dévisage, consterné, le petit abandonne son sac pour se jeter dans mes bras.

Le vendeur vide son contenu sur le sol. En plus de la souris en peluche grise, des morceaux de bois, des plumes et des algues, il y a des brassards, une pelle en plastique jaune, six boîtes d'allumettes, quatre Mars et un appareil photo jetable.

– Vous n'auriez pas oublié de payer un ou deux trucs ? grogne l'homme.

– On peut sûrement s'arranger, dit Finn.

– Oui, avec la police. Ce n'est pas la première fois qu'on me fait le coup. Les plus vieux achètent une bricole pour me distraire pendant que le gamin fait le sale boulot. Vous ne manquez pas d'air. C'est du vol !

– Je sais, répond Finn tristement.

– Videz vos poches.

Quand les policiers arrivent, nous sommes en train d'étaler tickets de bus, chewing-gums, moutons de poussière, coquillages et petite monnaie sur le bureau. Ce sont les deux agents que nous avons aperçus dans la rue en fin de matinée. Le plus gros lève les yeux au ciel, sans doute parce qu'il nous a reconnus.

Ils s'entretiennent longuement avec le marchand pour le dissuader de porter plainte.

– Ils sont peut-être jeunes, mais ce sont des criminels ! s'emporte celui-ci.

– Vous avez raison, le vol à l'étalage n'est pas à prendre à la légère, reconnaît le deuxième policier, un grand type roux. Nous allons les emmener au poste et prévenir leurs parents.

– Mais ?

– Mais votre voleur est encore un enfant. Y a-t-il eu récidive ?

Le vendeur nous scrute longuement avant d'avouer :

– Non, je ne les avais jamais vus.

– Bien, monsieur, ça ira, intervient le gros policier. Vous trois, venez avec nous. On va essayer de contacter vos familles.

Ils nous font monter dans leur voiture de patrouille, où Leggit laisse des traces de sable et de glace à la fraise sur la banquette arrière. Là, nous avons droit à un sermon en règle. Les agents nous préviennent que, la prochaine fois, nous risquons d'être convoqués au tribunal et de voir les faits inscrits dans notre casier.

– Je sais, murmure Finn. On est vraiment désolés. Mouse n'y est pour rien. Il a cru que j'avais déjà payé, et moi je n'ai pas vu que…

– C'est bon, le coupe le policier roux. Je compte sur vous pour qu'il n'y ait pas de prochaine fois.

– Il n'y en aura pas, dis-je. N'est-ce pas, Mouse ?

– Non.

Une fois au poste, les choses se compliquent lorsqu'ils nous demandent de décliner nos identités.

– Finn, Dizzy et Mouse ? répète le policier. Mouse, comme Mickey Mouse ? C'est une blague ?

– Je vous jure que non, monsieur l'agent ! insiste Finn. Il s'appelle vraiment comme ça.

– OK. Va pour Mouse. Mouse comment ?

Il s'avère que personne ne connaît son nom de famille, pas même lui (ou alors, il refuse de le donner). Ils nous réclament ensuite notre adresse, mais un van, une tente ou un tipi installés dans les collines, ça manque de précision.

– On est là pour le Festival arboricole, précise Finn.

– Ah, fait le gros policier. Super. Y a-t-il un numéro où nous pourrions appeler vos parents ? Non ? Ça m'aurait étonné.

Finalement, c'est en voiture de police que nous regagnons le site du festival. Pas de sirène, pas de menottes, pas de gyrophare bleu, juste les deux agents probablement un peu agacés de devoir jouer les taxis alors qu'ils pensaient simplement attendre nos parents au poste. Nous avons gâché leur soirée. D'un autre côté, ils n'ont pas non plus épargné la nôtre.

Nous passons sous la grande banderole blanche et traversons le champ. Les festivaliers nous jettent des regards endormis, hostiles ou curieux. Un homme s'empresse de jeter son joint et de l'écraser sous son pied. Un autre, maquillé et perché sur des échasses, souffle des bulles de savon sur le pare-brise.

La voiture se retrouve bientôt coincée au milieu du campement. Finn descend en disant :

– On finira à pied. Merci beaucoup.

– Hé, une minute ! s'offusque le policier roux. Tu ne crois quand même pas qu'on va vous laisser partir comme ça ? Je veux voir vos parents. Tout de suite.

Nous nous faufilons entre les tentes et les stands, en suivant volontairement le chemin le plus long. Devant le tipi, aucune trace de Tess, de Storm ou de Zak.

– Voilà, annonce Finn. C'est ici.

Il désigne la porte de toile.

– Vous vivez là-dedans ?

– Oui.

Les agents entrent les premiers, et nous leur emboîtons le pas.

À l'intérieur, ça sent l'encens et je ne sais quelles herbes dont on a saupoudré le feu. Tess, Storm, Zak et leurs copains sont assis autour, en train de jouer des percussions et de chanter une vieille mélopée. Une soirée on ne peut plus normale.

Storm se lève d'un bond, terrifiée. Zak éteint sa cigarette.

– Qu'est-ce qui se passe ? demande-t-il. Mouse ? Tu as encore fait des bêtises ?

Tess met les musiciens dehors.

– Tout va bien, il nous faut juste un peu d'air. (Puis elle se tourne vers les policiers.) Messieurs, puis-je vous offrir quelque chose à boire ? Du thé ? Du café ? Du sirop de fleur de sureau ?

C'est donc en sirotant du café au lait de soja que les deux agents expliquent à Tess, Zak et Storm qu'ils ont intérêt à nous garder à l'œil et à nous apprendre la différence entre le bien et le mal.

– Mais on la connaît ! proteste Finn. Je vous jure, c'était un malentendu !

– Je ne suis pas sûr que ce soit aussi clair pour lui, réplique le policier en désignant Mouse.

– Le petit n'a pas eu une enfance facile, se justifie Zak. Mais ça va de mieux en mieux. Ici, on lui enseigne les vraies valeurs.

Les agents échangent un regard entendu et s'abstiennent de tout commentaire. D'un geste nerveux, Storm glisse sa boîte à herbe sous un coussin.

– Il a besoin de discipline, reprend le policier roux. De limites claires, de stabilité. Et d'être surveillé.

– Oui, bien sûr, monsieur l'agent, promet Tess. Ça ne se reproduira plus.

– Dans le cas contraire, les services sociaux ne tarderont pas à se pencher sur son cas. Et s'ils estiment qu'il n'est pas correctement pris en charge, ils le placeront dans un foyer. Je ne dis pas que ça va arriver, mais c'est un risque dont vous devez avoir conscience.

– Ça n'ira pas jusque-là, affirme Tess.

– Non, jamais de la vie, renchérit Zak.

– Espérons-le.

Les agents se lèvent et repartent entre les tentes et les feux de camp, sous le regard scrutateur des enfants et des vieux. Quelqu'un a peint un arc-en-ciel sur le capot de leur voiture. Le gros policier secoue la tête avant de l'effacer avec un grand mouchoir blanc.

– Prenez soin de vous, nous lance son collègue roux. Et évitez les problèmes.

– Promis ! je crie.

Nous courons derrière la voiture en agitant la main. Même Mouse tenait à leur dire au revoir.

20

Le policier nous a conseillé d'éviter les problèmes, mais on est plongés dedans jusqu'au cou. Ce n'était pas une bonne idée de les faire venir sur le site du festival. Qui sait combien de joints et de sachets d'herbe sont cachés un peu partout? Combien de vans ou de voitures roulent sans assurance, avec des pneus lisses ou des contrôles techniques périmés?

On a de la chance qu'ils ne se soient intéressés qu'à nous et qu'ils ne se soient pas fâchés pour l'arc-en-ciel. Ils étaient plutôt gentils. Mais on va avoir droit à un sacré savon car, même si c'est Mouse qui a enfreint la loi, Finn et moi étions censés le surveiller. L'espace de quelques heures, on a cru pouvoir lui faire confiance. C'était une erreur.

Sous le tipi, Storm est dans tous ses états.

– Il faut qu'on parte, répète-t-elle à qui veut l'entendre. Ils vont revenir, ils vont nous arrêter, nous enlever Mouse… vous les avez entendus, non ? On doit lever le camp, et vite.

Tess reste dans l'embrasure de la porte, refusant de s'en mêler. Sans rien dire, elle passe un bras autour des épaules de Mouse.

– On n'a pas besoin d'y aller tout de suite, râle Zak. Pas déjà. Prenons un jour ou deux pour faire nos bagages et décider de la suite du programme. Ils n'ont aucune raison de revenir. Calme-toi.

– Non, on doit partir maintenant ! Tu leur as donné l'adresse de Pete ? me demande-t-elle soudain, toute pâle.

Elle paraît plus vieille, tout à coup.

– Non, on leur a juste dit qu'on campait ici pendant le festival.

– C'est déjà ça. Ton père serait fou de rage s'il apprenait ce qui s'est passé. Il m'accuserait de ne pas m'occuper de toi, de te laisser livrée à toi-même…

Et il n'aurait pas complètement tort. Mais papa ne sait rien, parce qu'il est trop occupé à regarder des films d'amour, à manger de la pizza ou à faire je ne sais quoi avec Lucy. S'il se souciait de moi, il serait déjà là, non ?

– Je me fiche pas mal de ce qu'il pense. (Je lui attrape la main.) Il n'est rien arrivé. On va bien.

Elle me sourit, le regard distant. Puis elle s'écarte et se remet à courir dans tous les sens, roulant des couvertures, entassant des coussins et pliant des tapis.

– Arrête, Storm, on ne va pas partir ce soir ! insiste Zak. Si vraiment tu y tiens, on prendra la route demain à la première heure. Mais, là, il fait nuit. Ça n'a aucun sens. Rien ne presse.

– Si, justement. J'ai un mauvais pressentiment. Crois-moi. Un affreux pressentiment. Je veux qu'on s'en aille. S'il te plaît.

Zak prend une profonde inspiration, passe une main dans ses cheveux blonds et nous balaie de son regard vert, Finn, Mouse et moi. Il a l'air vraiment en pétard.

– OK, cède-t-il finalement. OK. Mais on ne peut pas démonter le tipi dans le noir.

– Laissons-le à Amber. Carl a un camion, ils pourront y ranger les poteaux. Ils ont prévu d'aller au camp de la Rivière bleue dans le Somerset. On les retrouvera là-bas.

– Mais c'est au mois d'août !

Storm interrompt ses préparatifs pour se tourner vers Tess.

– On pourrait peut-être loger chez ta mère pendant une semaine ou deux ? C'est sur le chemin. Tu veux bien, dis ?

Tess serre Mouse un peu plus fort. Comme moi, comme Zak, elle est prête à tout pour que Storm retrouve le sourire.

– Bien sûr, aucun problème. On n'a qu'à y aller tous ensemble. Qu'est-ce que tu en penses, Finn ?

– Oui, acquiesce celui-ci. Bonne idée.

Il me prend la main dans la pénombre.

– Très bien, soupire Zak, vaincu. Comme vous voudrez.

Aussitôt, c'est le branle-bas de combat. On entasse à la va-vite valises, boîtes, couvertures et sacs à dos dans le van. On replie la tente de Tess et on charge sa voiture. Puis on boit une tisane avec Amber et Carl pour leur expliquer qu'on leur confie le tipi et qu'on les rejoindra dans le sud. Des dizaines de personnes défilent pour nous dire au revoir et nous souhaiter bonne route. Cara m'offre même un collier de pâquerettes.

Il est minuit lorsque nous partons enfin. Tess passe la première, suivie du van bariolé. Nous traversons le champ au ralenti, franchissons la banderole et débouchons sur la chaussée. Les feux arrière rouges de la voiture disparaissent bientôt au loin. Mouse, Leggit et moi nous retrouvons seuls avec Storm et Zak.

J'ai l'impression qu'il s'est écoulé un million d'années depuis que nous pataugions dans l'eau salée et mangions des beignets au sable sur la plage d'Ayr. Mouse se blottit contre mon épaule. Je me cale contre le dossier et regarde la route dans l'espoir de rester éveillée – en vain.

Lorsque j'ouvre les yeux, nous sommes garés sous un lampadaire dans le parking d'une station-service. Nous descendons du van, faisons un tour aux toilettes puis nous dirigeons vers la cafétéria ouverte toute la nuit. Tess et Finn sont assis dans un coin, en train de manger du bacon et des haricots à la tomate. Nous leur faisons signe de la main pendant que Zak commande deux cafés noirs. Il est 4 heures du matin, et l'odeur de nourriture me fait gronder l'estomac.

– Je meurs de faim, dit Mouse. On peut avoir des frites ? Ou un Coca ?

– Tu as vu combien ça coûte ? rétorque Zak. Pas question.

Nous nous laissons tomber sur la banquette à côté de Tess et de Finn. Storm dévisage les clients qui nous entourent. Il y a un chauffeur de poids lourd assis devant une assiette de frites et une omelette, une famille endormie qui grignote d'énormes sandwichs, et une femme seule qui boit son café en contemplant un muffin au chocolat.

À la seconde où le routier quitte la cafétéria, Finn se lève et s'empare du reste de ses frites et du pain beurré auquel il n'a pas touché.

– Quelqu'un veut un petit déj ? propose-t-il en nous les apportant.

– Mais… ça, c'est pas du vol ? s'étonne Mouse.

– Pas vraiment, répond Tess, puisque le monsieur

a déjà payé. On récupère simplement ses restes. C'est plutôt… du recyclage.

Je n'en crois pas mes oreilles. Finn me fait un clin d'œil.

La femme au café s'éloigne à son tour.

– Muffin au chocolat ? murmure Tess.

Aussitôt, Mouse court chercher le gâteau abandonné avant qu'il soit jeté à la poubelle.

Nous restons là plus d'une heure à « recycler » des frites, des bouts de sandwichs, des gâteaux et de la salade de fruits. Pour finir, une serveuse en gilet rouge à l'air épuisé surprend notre petit manège et nous demande de partir. Mouse, à l'aise comme un poisson dans l'eau, prend soin d'emballer des saucisses froides dans une serviette pour Leggit.

Nous repartons dans l'aube rose et humide en chantant des chansons.

21

Je m'étais imaginé une petite maison de carte postale à la porte entourée de rosiers grimpants. En réalité, c'est plutôt le paradis des hippies. S'il y a bien des roses, elles sont cachées au milieu d'orties plus grandes que moi. Un bouc au regard froid nommé Cédric mâchonne des pois de senteur. Le potager est envahi de poules qui pondent leurs œufs sous la haie. Des grenouilles coassent dans la mare et un gros chat tigré somnole au sommet d'un tas de compost.

Une femme aux cheveux gris nous accueille dans le jardin en robe de chambre et chaussons, sécateur dans une main et tartine de confiture dans l'autre.

– Maman ! s'écrie Tess en lui sautant au cou.

Je regarde Finn étreindre sa grand-mère, envahie par une bouffée de jalousie, de regret et de solitude. Mon père me manque. Pour tout dire, je serais même heureuse de revoir Lucy. Enfin, je crois.

Je vais pourtant devoir me contenter de Storm

et de Zak. Pourquoi est-ce que ça ne me suffit pas ? Je passe une main dans les cheveux de Mouse, qui a l'air aussi perdu que moi.

Heureusement, nous sommes vite contaminés par la bonne humeur qui règne dans la maison de Tess. Storm et Zak doivent souvent fréquenter les lieux, car ils garent directement le van à « l'endroit habituel », sous les pommiers, avant de suspendre des carillons aux branches les plus basses et de recouvrir l'herbe de tapis et de couvertures.

– Ah, c'est mieux ! se réjouit Storm en s'allongeant sur le sol, les yeux tournés vers le ciel bleu. On est en sécurité ici. On va pouvoir se poser un moment, souffler, se préparer pour le festival du Somerset.

– Mais, pendant ce temps-là, on ne va rien gagner, grommelle Zak.

– Ne t'inquiète pas pour ça. Il y a toujours les allocations. Et on n'a pas besoin de grand-chose.

– Encore heureux.

Niall, frère aîné et copie conforme de Finn d'un mètre quatre-vingts, avec crête sombre et vernis à ongles noir, nous prépare une énorme poêlée de légumes. Nous prenons place autour de la table en pin de la cuisine et nous jetons sur nos assiettes. La grand-mère vaque ensuite à ses occupations, vêtue d'une longue jupe froufroutante à grelots, ses longs cheveux retenus par un foulard violet.

Ma vie d'avant me paraît bien loin.

Salut papa !

Je voulais juste te prévenir qu'on a repris la route. On va passer les prochaines semaines chez Tess, à Bramble Cottage. Je demanderai à Storm de te noter l'adresse au bas de la carte, au cas où tu voudrais nous contacter. Ça me ferait super plaisir de te voir, si tu n'es pas trop occupé. Et Lucy aussi, bien sûr. Tu me manques toujours – j'espère que tu ne m'as pas déjà oubliée.

Gros bisous,

Dizzy

Il y a une cabane perchée dans un vieux chêne derrière la maison. Sans toit ni murs, c'est une simple plateforme de planches lisses entourée d'une rambarde à laquelle on accède par une échelle de corde.

Mouse est conquis.

– On va dormir là ! m'annonce-t-il.

– Certainement pas. C'est trop haut, trop dangereux, et il n'y a rien pour s'abriter...

– Bah, je le faisais souvent, intervient Finn.

Deux jours plus tard, nous nous y retrouvons donc à la tombée de la nuit avec des couvertures, des sacs de couchage et des tasses de jus de pomme chaud. Les lanternes en pots de confiture accrochées aux branches répandent une lumière douce autour de nous.

Au pied de l'arbre, Leggit gémit et pleure tellement que Finn finit par la hisser avec une corde comme un paquet. Elle s'assied sagement, pose sa tête sur la rambarde et écoute le bouc fourrager dans les buissons en contrebas.

– J'adore cet endroit, déclare Mouse.

– Moi aussi, dis-je.

– Et moi aussi, renchérit Finn.

– D'ici, on voit tout ! ajoute le petit.

Je m'allonge et contemple les étoiles à travers les feuilles. C'est fou comme le ciel paraît plus grand, plus sombre quand on est à la campagne. La nuit est d'un noir de velours, sans aucune lueur orange. En partant de la Grande Ourse, je localise l'étoile Polaire. Je la montre à Finn et Mouse en leur expliquant qu'elle sera toujours là, quoi qu'il arrive. Storm a raison : c'est une étoile magique.

– Magique, répète Mouse. Personne pourra nous attraper.

– Pourquoi tu dis ça ? lui demande Finn, surpris. Tu n'as rien à craindre.

À moins que Mouse ait des raisons d'avoir peur ?

– Si, les méchants, murmure-t-il.

Je le rassure :

– Il n'y a pas de méchants ici.

– Mais s'ils viennent, vous les laisserez pas m'emmener, hein ?

– Bien sûr que non, lui promet Finn. On leur tapera dessus avec un grand bâton, on lâchera Leggit à leurs trousses et on leur versera de l'huile bouillante sur la tête. Ou du jus de pomme chaud sur la tête. Je te protégerai.

– Moi aussi. Toujours.

– Toujours, souffle Mouse.

Ses paupières se ferment. Il se pelotonne sous sa couverture, la souris en peluche serrée dans sa petite main. Je me demande à quoi il rêve et qui sont ces méchants dont il parle.

– C'est mon grand-père qui a construit cette cabane pour Niall et moi la première fois qu'on est venus ici, me raconte Finn. J'avais sept ans. C'était la plus belle chose qu'on avait vue de notre vie.

– Il n'est plus là ?

– Non, il est mort il y a deux ans.

– Je suis désolée.

– Ça va. Il me manque affreusement, mais je ne l'oublierai jamais. Il m'a appris à jouer du piano et à aimer la musique. J'ai eu de la chance de le connaître, de savoir quels traits de caractère j'ai hérités de lui.

Je recommence à compter les étoiles au-dessus de ma tête. Finn gratte quelques accords sur sa guitare, nettement plus cabossée que la mienne. Je l'interroge :

– Tu penses à ton père, parfois ?

– Il est parti avant ma naissance. Pourquoi me

soucier de lui ? Il n'est même pas resté assez longtemps pour rencontrer son propre fils.

– Tu crois que c'est un truc de hippies ? Cette obsession de la liberté et de l'instant présent ?

Finn fronce les sourcils dans la pénombre.

– Peut-être. Mais, à mon avis, c'est davantage une question de personnalité.

Il entonne une vieille chanson de Linkin Park, « Somewhere I belong » – « Là où je suis chez moi ». Je ne l'avais jamais entendue, mais son interprétation est bouleversante.

Est-on jamais vraiment chez soi ? Avant, je pensais que oui. J'étais chez moi avec mon père, dans notre appartement de Birmingham. Et avec mes amies, quand on faisait les folles, qu'on allait chez Dimitri, qu'on bronzait dans mon jardin, qu'on se téléphonait durant des heures. Mais depuis que Storm est venue me chercher, je ne sais plus où j'en suis.

– J'ai longtemps rêvé que ma mère revienne. Et puis c'est arrivé. Mais, maintenant, je ne suis plus certaine de ce que je veux. Tu trouves ça bizarre ?

– Pas du tout ! répond Finn en riant. C'est normal que tu te sentes un peu déboussolée.

– Je pensais qu'on passerait plus de temps ensemble, que j'apprendrais à la connaître. Qu'on rattraperait le temps perdu. Je pensais qu'elle s'intéresserait... à moi. Mais ce n'est pas le cas. Vraiment pas. Par moments, j'ai l'impression qu'elle avait juste besoin d'une baby-sitter.

– Tu exagères… et quand bien même, s'occuper de Mouse, c'est plutôt sympa, non ?

Nous regardons la touffe de cheveux bruns qui dépasse de la couverture, le petit bras drapé autour de Leggit.

– Si, bien sûr.

Finn pose sa guitare et s'accoude à la rambarde.

– Il y a des gens qui s'intéressent à toi, tu sais, reprend-il. (Gênée, je détourne les yeux.) Ton père, par exemple. Tu ne m'as toujours pas raconté ce qui s'est passé, l'autre jour, au téléphone. Qu'est-ce qu'il a fait pour que tu sois si contrariée ? Tu parlais tout le temps de lui, tu lui écrivais, tu l'attendais. Et en un coup de fil : terminé. On croirait qu'il a disparu de la surface de la terre.

Saisie de frissons, je ramène mes genoux contre ma poitrine et serre la couverture autour de moi avant de répondre :

– Je suis tombée sur sa copine. Il était à peine 9 heures, et c'est elle qui a décroché. Quand j'habitais là-bas, elle ne restait jamais dormir. Il m'a déjà oubliée.

– Dizzy ! me gronde Finn en tirant sur une de mes petites tresses. Personne ne peut t'oublier ! Vous vous êtes dit quoi ?

– Rien. J'ai raccroché.

– On a le téléphone, ici, tu sais. Tu peux l'appeler maintenant, ou demain, ou quand tu veux.

– Plus tard. Je préfère attendre un peu. On a peut-être besoin d'une pause, tous les deux. Lui avec Lucy, moi avec vous. Dis, tu veux bien me rejouer la chanson de Linkin Park ?

Il reprend la guitare et s'installe, penché en avant, ses longs doigts tirant sur les cordes. Sa voix n'est qu'un murmure, comme s'il ne voulait pas faire trop de bruit. Je me joins à lui sur les passages dont je me souviens. À la fin, je comprends que chez moi, c'est ici et maintenant, avec Mouse, Leggit et lui. Le reste importe peu.

Finn suspend la guitare à une branche et s'allonge sous les ombres mouvantes projetées par les feuilles. Il tend un pied vers moi pour me chatouiller; je l'attrape et caresse sa surface osseuse. Mes doigts parcourent la corne de son talon, la peau douce de sa cheville. Je compte ses orteils, cinq petits traits d'argent au clair de lune. Il ne se débat plus, mais j'ai du mal à le lâcher. Je lui demande :

– On t'a déjà dit que tu avais des pieds magnifiques ?

Il éclate de rire.

– Non, Dizzy, jamais. Tu es la première.

22

Ça recommence.

Il y a huit ans, Storm m'a quittée pour partir à Katmandou avec Mitch. Aujourd'hui, ce n'est plus Mitch, mais Zak, et pas Katmandou, mais Goa.

– Youpi ! s'exclame-t-elle, les yeux brillants. On part en Inde, Dizz ! C'est trop génial !

Les parents de Zak, qui vivent dans le Kent, viennent de lui faire suivre une lettre de son frère Josh. Il a acheté une grande villa sur la plage et voudrait que Zak et Storm le rejoignent pour l'aider à monter un centre de soins spirituels, où les touristes new age pourront faire du yoga, de la méditation, et apprendre à poser des bouts de cristaux sur des colonnes vertébrales – cette dernière activité sera bien entendu proposée par Zak.

– Je pourrais faire des massages aromathérapeutiques ! dit Storm.

– Oui, si tu y connaissais quelque chose, souligne Tess.

– Bah, ça ne doit pas être bien difficile. Il suffit de deux ou trois huiles essentielles, et le tour est joué. Je donnerai aussi des cours de yoga et de taï-chi sur la plage !

– Il en parlait depuis un moment, mais je n'aurais jamais cru qu'il se lancerait, commente Zak. Quelle chance ! Et il a besoin de moi pour que ça marche. De nous deux, Storm.

– De nous tous, renchérit ma mère en nous serrant contre elle, Mouse et moi. Pour les enfants, ce sera le rêve : grandir au soleil, marcher pieds nus dans le sable, apprendre l'ourdou, le hindi ou je ne sais quelle langue ils parlent là-bas…

– Ah, grogne Zak. Les enfants viennent aussi ?

– Évidemment ! On est une famille, non ? On ne se quitte plus.

– Oui, évidemment…

Mouse boit une gorgée de lait froid et s'essuie la bouche.

– Non, dit-il.

– Non ? répète Storm. Comment ça, non ?

Il hausse les épaules, vide la bouteille et se faufile hors de la cuisine. Je lui cours après.

Nous nous asseyons dans la cabane, les jambes ballantes. Finn décide de nous laisser un peu d'intimité et s'amuse sur son BMX en contrebas, pendant que Leggit galope autour de lui.

– Je veux pas y aller, décrète Mouse. Ils peuvent pas m'obliger.

– Non, ils ne peuvent pas. (En réalité, j'ai un doute. Peut-être que si ?) Moi non plus, je n'irai pas. Pas en Inde. Je veux rester près de mon père.

– Et moi près de maman.

– Elle te manque beaucoup ?

– Un peu. Des fois.

À travers les feuilles, nous admirons les acrobaties de Finn sur sa roue arrière.

– Elle m'a laissé, reprend Mouse.

– Elle n'a pas eu le choix. Elle était malade. Mais elle ira bientôt mieux, et elle pourra recommencer à s'occuper de toi.

– Tu crois ?

– J'en suis sûre.

– Pourquoi ton père t'a abandonnée ?

– Il ne m'a pas abandonnée ! Ta mère non plus, d'ailleurs. C'est juste… un concours de circonstances. Je passe un peu de temps chez ma mère, et toi chez ton père. Mais c'est temporaire.

– Alors je vais rentrer ?

– Oui.

– Mais pas tout de suite ?

– Non, pas tout de suite. Mais on n'ira pas en Inde.

Il y a un crissement de pneus sous l'échelle, et Finn atterrit dans les ronces.

– Aïe ! s'écrie-t-il. Leggit, c'est ta faute !

– Quand je retournerai chez ma maman, tu vas me manquer, me confie Mouse.

– Toi aussi, tu vas me manquer.

– Dizzy ?

– Oui ?

– Est-ce qu'on est un peu... comme des frère et sœur ?

Je l'enlace et, cette fois, il ne me repousse pas.

– Je crois bien que oui, Mouse. On peut dire ça.

J'avais raison : nous n'irons pas en Inde.

Pas parce que la mère de Mouse ou mon père s'y sont opposés, mais parce que les billets d'avion coûtent cinq cents livres par personne, y compris pour les enfants. Zak trouve ça scandaleux. Storm le rassure : Mouse et moi n'aurons qu'à les rejoindre plus tard, quand ils seront installés.

– On va d'abord repérer les lieux, m'explique-t-elle. Et dès qu'on commencera à gagner de l'argent, on vous enverra des billets. OK, Dizz ?

Je sais très bien que ça n'arrivera jamais. Je n'ai aucune intention d'aller vivre en Inde, à des milliers de kilomètres de mon père et de mes amis. Je vais rentrer chez moi. Mais pas tout de suite ; je veux d'abord attendre que la mère de Mouse soit en état de le récupérer.

– Les enfants peuvent rester aussi longtemps qu'ils veulent, déclare Tess.

– Bien sûr, confirme sa mère.

– Ça ne sera pas long, promet Storm.

– Aucun souci !

Lorsqu'il réserve leur vol par téléphone, Zak règle par carte bancaire.

Je souffle à Finn :

– D'où il sort ça ?

– Il est blindé, tu ne le savais pas ? Il vient d'une famille super riche, il a étudié dans un lycée privé et tout. Josh et lui ont hérité un gros paquet d'argent d'un de leurs oncles l'année dernière.

Je siffle entre mes dents.

– Moi qui le prenais pour un artiste fauché...

– Artiste, ça reste à prouver, et fauché sûrement pas !

Je repense au pain moisi que Zak nous a forcés à manger, à la nourriture que nous avons dû « recycler » à la cafétéria de la station-service. Je l'entends encore se plaindre d'avoir deux bouches supplémentaires à nourrir, alors que c'est toujours Tess qui fait les courses, qui prépare les repas et qui lave nos vêtements.

– Je rêve...

– Ne m'en parle pas, dit Finn.

Cher papa,

Grande nouvelle : Storm part vivre en Inde. Elle risque

d'y rester un bout de temps, alors je me demandais si je pouvais rentrer à la maison ? Je suis toujours chez Tess avec Finn et Mouse, tout va bien, tu n'as pas à t'inquiéter. Mais si tu pouvais m'écrire un petit mot, ou m'appeler, ou juste venir me chercher... Tu me manques trop, papa.

Bisous,

Dizzy

La veille de leur départ, Storm se teint les cheveux au henné. Elle mélange une poudre verte à l'odeur infecte avec de l'eau chaude pour obtenir une pâte qu'elle s'étale sur le crâne, avant de s'envelopper la tête de film plastique et de serviettes.

– Maintenant, à toi ! me lance-t-elle.

– Tu es sûre ?

– Allez, Dizz ! Ne sois pas si coincée !

Elle peigne mes longues boucles brunes avec des gestes lents et délicats. Elle ne tire pas, ne force pas. Ensuite, elle les recouvre de pâte verte, mèche à mèche. Je ferme les yeux. C'est donc ça, une maman. Quelqu'un qui nous démêle les cheveux et nous fait oublier nos problèmes.

Plus tard, nous nous installons au soleil au milieu des fraisiers, où nous nous gorgeons de gros fruits rouges et juteux en essuyant les coulures de henné sur notre cou et nos oreilles. Niall a fabriqué un barbecue à l'aide de vieilles briques et de morceaux de grillage. Il est en train de faire griller du tofu, des épis de maïs et des brochettes de légumes dans un nuage de fumée. Tess désherbe le potager, Zak feuillette un livre sur la lithothérapie et Mouse essaie de se dresser sur la roue arrière du BMX. À l'intérieur de la maison, Finn joue du piano. Les notes s'échappent par la fenêtre ouverte, comme sorties d'un rêve.

Il nous faut une heure pour nous rincer les cheveux, et une autre pour les sécher au soleil. La tête de Storm est désormais recouverte d'un duvet écarlate, et mes boucles ont pris la teinte des feuilles d'automne, plus lustrées que jamais.

– Magnifique, me complimente-t-elle.

Elle fouille dans le sac à couture de Tess et en sort des fils à broder verts, rouges et or pour me faire une tresse brésilienne. Ses doigts vont et viennent dans mes cheveux, rapides et doux.

– C'est cette image que je garderai de toi, dit-elle.

Je comprends alors qu'il s'agit d'un adieu.

23

Storm et Zak sont partis pour leur villa aux murs roses posée au bord d'une plage brûlante à l'autre bout du monde. Ils ont promis de nous téléphoner, de nous écrire, de nous faire venir bientôt. C'était il y a trois semaines, et on n'a toujours aucune nouvelle.

Le van bariolé est garé dans l'allée, avec une pancarte « À vendre » sous le pare-brise. Zak a voulu convaincre Tess de le lui racheter, la nuit d'avant leur départ, mais elle a répondu que sa voiture lui suffisait amplement.

– Essaie de lui trouver un repreneur, a-t-il insisté. Demandes-en cinq cents livres. Et quand tu verras Amber et Carl, propose-leur le tipi. Il doit valoir à peu près sept cents livres, mais tu devrais pouvoir en tirer davantage. Tu n'auras qu'à m'envoyer un chèque. Ça remboursera nos billets d'avion.

Comme d'habitude, c'est donc à Tess de mettre

de l'ordre dans les affaires de ses amis. Mais certains détails sont plus compliqués à régler que d'autres.

Finn, Mouse et moi restons avec elle chez sa mère. Elle trouve ça plus simple, moins fatigant que de courir les festivals. Personne ne se plaint. Leggit chasse les poules, aboie sur le bouc et arrache les laitues plantées dans le potager. Nous sommes heureux.

– Tu as parlé à Pete, récemment ? me demande Tess un soir. Quand compte-t-il te récupérer ?

– Oh, avant la rentrée. Il n'est pas pressé. Je l'appellerai dans une semaine ou deux.

– Bonne idée. Propose-lui de passer quelques jours ici, si tu veux. C'est dommage qu'il n'ait pas pu venir au Festival arboricole.

Finn me surveille du coin de l'œil. Je ne dis rien.

– Il sait que tu es ici, n'est-ce pas ? insiste Tess.

– Bien sûr. Je lui ai envoyé des tas de cartes postales. Storm a même joint une lettre à la dernière.

– Elle les a postées ?

– Je crois, oui.

– J'espère. Je devrais peut-être lui écrire un mot, moi aussi. Tu serais d'accord ?

– Bien sûr.

Un peu plus tard, pendant que nous arrosons le jardin, Finn me lance :

– Appelle-le.

– Je ne peux pas.

– Pourquoi ? Il s'inquiète peut-être. Il est au courant que Storm a mis les voiles ?

– Je le lui ai dit dans ma dernière carte.

– Appelle-le.

– J'ai peur.

– De quoi ?

Comment lui expliquer ? J'ai peur que mon père m'ait oubliée, qu'il soit trop occupé à s'amuser sans moi. Je lui ai envoyé cinq cartes. Il sait à quel point il me manque, et pourtant il n'est toujours pas venu me chercher. Ce qui ne peut vouloir dire qu'une chose : que moi, je ne lui manque pas.

Pourquoi n'a-t-il pas volé à mon secours en apprenant le départ de Storm ? En même temps, ce n'est pas comme si j'étais en danger.

– Dizzy !

Finn a l'air exaspéré.

L'autre raison qui m'empêche de rentrer chez moi, c'est que je ne veux pas quitter Mouse, parce qu'il a besoin de moi. Ni Finn, parce que j'ai besoin de lui. Si le mot famille a un sens, c'est bien celui-là. Nous sommes une famille d'occasion, rafistolée, de bric et de broc, mais une famille quand même.

Je tire la langue à Finn, qui m'arrose avec le tuyau. Mouse déboule entre les rangées de choux pour nous prêter main-forte. Quand la bataille se termine, nous sommes tous trempés, et les légumes irrécupérables.

L'anniversaire de Finn approche.

Comme je n'ai pas de quoi lui acheter un cadeau, Tess me laisse choisir des chutes de tissu dans son sac à couture. Je découpe une vieille couverture bleue pour lui fabriquer une nouvelle sangle de guitare. Le matin, pendant qu'il répète son piano ou joue de la guitare dans la cabane, je progresse sur mon ouvrage. Je replie la laine épaisse sur elle-même pour former une longue bande. Ensuite, je perce un trou à une extrémité et je couds un lacet rouge vif à l'autre. Tess sort ses fils de couleur et me montre comment broder des étoiles et des spirales au point de satin, au point de chaînette ou au point de nœud.

Nous avons dressé un grand bûcher sur la pelouse. Mouse me demande s'il pourra jongler avec des torches enflammées en l'honneur de Finn.

– Jongler, oui. Il sera ravi, et tu te débrouilles vraiment bien. Mais on va éviter les torches. C'est trop dangereux.

– Zak avait le droit, lui ! Il mettait le feu à ses bâtons et il jonglait avec. Je veux faire pareil !

– Pas question. Zak est un adulte. Il a des années et des années d'entraînement derrière lui, et il sait qu'on doit traiter le feu avec respect. Tu es encore trop petit, Mouse.

– Mais moi aussi je respecte le feu !

Je le revois, planté devant le feu de joie ou faisant brûler ses allumettes jusqu'à ce que les flammes lui touchent les doigts. « Respect » n'est pas le premier mot qui me viendrait à l'esprit.

– J'aime le feu, ajoute-t-il.

C'est bien le problème. Je reste donc intraitable.

– Non, pas de torches !

Contrarié, il saute sur le BMX de Finn et s'éloigne entre les massifs de fleurs.

Niall a prévu un grand barbecue pour la fête de vendredi, et Tess compte préparer un gâteau, de la glace maison et de la citronnade.

– Tu veux inviter du monde ? suggère-t-elle à Finn quelques jours avant. Des amis du collège ?

– Non, merci, répond-il. Jon passe l'été en France et Danny est chez son père à Chester. À part eux, je ne connais pas grand monde.

– OK. Des idées pour le programme de la journée ? On pourrait aller au cinéma à Lancaster, par exemple. C'est toi qui vois !

– Je vais y réfléchir.

Ce soir-là, dans la cabane, il me demande si ça me plairait d'aller faire un pique-nique « tout seuls sur la plage». Je ne suis pas sûre de comprendre: est-ce que ça signifie en tête-à-tête, ou avec Mouse et Leggit?

– La plage? Je ne savais pas qu'on était près de la mer. Tu m'avais caché ça!

– On peut y aller en bus. Elle est moins touristique que celle d'Ayr, mais ça reste sympa.

– Ça me ferait trop plaisir!

Un bruissement s'élève du sac de couchage de Mouse, qui redresse la tête pour nous fixer d'un regard ensommeillé.

– Ouais, cool! lance-t-il en bâillant.

Finn paraît embarrassé.

– Oh, je croyais que tu dormais... En fait, Mouse, j'aurais voulu y aller juste avec Dizzy. Pour qu'on passe un peu de temps entre ados, tu comprends?

– Non. Je comprends pas.

Finn se passe la main dans les cheveux.

– Il n'y a pas grand-chose d'intéressant sur cette plage, tu sais. Pas de glaces, pas de touristes, pas de jeux... Juste des dunes, de la vase, des ravines et des rochers. Tu t'ennuierais.

– Non, ça a l'air trop bien!

Finn soupire, sur le point de céder. Il déteste faire de la peine aux gens, et surtout à Mouse.

– Écoute, bonhomme...

Je viens à son secours.

– Tess m'a dit qu'elle aurait besoin de ton aide. Tu n'étais pas censé préparer le feu de joie ? Il faudra que tu vérifies qu'il y a assez de bois, et que tu montres à Niall comment l'entourer de cailloux. Tu ne peux pas les laisser tomber.

Il me dévisage avec de grands yeux. Puis il se tourne vers Finn, les cheveux en bataille et la lèvre inférieure tremblante.

– Vous voulez pas de moi, c'est ça ?

– Mais non, pas du tout…

– Si, ça se voit. Vous avez peur que je traîne dans vos pattes et que je gâche tout. Les gens ont toujours peur de ça.

Finn perd patience.

– Non, Mouse, ça n'a rien à voir. J'ai juste envie de passer un moment en tête-à-tête avec Dizzy, OK ? Pour mon anniversaire.

– De toute façon, j'ai pas envie d'y aller. Ça a l'air nul.

Mouse sort de son sac de couchage, dégringole l'échelle et disparaît dans le noir. Leggit s'aplatit sur la plateforme en gémissant, avant de le suivre d'un bond.

– Génial, soupire Finn. C'est la cata, hein ?

– Un peu.

– Tu crois que je devrais aller le chercher ?

– Mieux vaut le laisser se calmer tout seul.

Il reste silencieux, le regard plongé dans le noir.

– Bah, il s'en remettra, conclut-il.

24

Mouse fait la tête toute la semaine.

Le vendredi matin, Finn trouve un Mars glissé sous son oreiller.

– Ça veut dire que je suis pardonné ? me demande-t-il.

– Espérons-le.

Je lui offre sa sangle de guitare, emballée dans du papier de soie.

– Waouh ! s'extasie-t-il en caressant les motifs brodés. Elle est magnifique ! Je l'adore ! (Il détache l'ancienne, installe la nouvelle, joue quelques accords et me gratifie d'une petite danse.) Regarde, ça marche même sans les mains ! Merci beaucoup, Dizzy.

Quand il repose sa guitare, j'ai l'impression durant une seconde qu'il va me prendre dans ses bras. Mais Mouse apparaît, et c'est lui qui a droit à un câlin.

– Merci pour le Mars, petit gars. C'est mon chocolat préféré.

Nous fourrons des serviettes, des maillots, des pommes et des sandwichs dans nos sacs. Tess nous conduit à l'arrêt de bus et repart en agitant la main.

– Soyez sages ! crie-t-elle.

– Maman…

Ça fait bizarre de ne pas avoir Mouse et Leggit avec nous. Assis côte à côte dans le bus, nous tripotons nos tickets et regardons le paysage par la fenêtre. Finn déballe son Mars d'anniversaire et le casse en deux.

– Petit déjeuner à la Mouse, annonce-t-il avec un grand sourire.

Je croque une bouchée en riant.

Le bus nous dépose dans un cul-de-sac au beau milieu de nulle part, d'où nous descendons un sentier escarpé. Le soleil tape fort dans notre dos. Je voudrais que cet été ne se termine jamais, mais on est déjà fin août. Rien ne dure éternellement. Je soupire :

– Bientôt la rentrée…

– Ne m'en parle pas ! Moi j'entre au lycée, alors fini de rigoler. Révisions, examens et tonnes de devoirs, voilà ce qui m'attend.

Je pense aux cravates à rayures caca d'oie, à la bruine de Birmingham, à l'odeur de chou et de désinfectant des couloirs du collège.

– Je ne veux pas y retourner.

Je ne suis pas prête à retrouver mon ancien collège, mon ancienne vie, mon ancienne peau.

– Je sais. Moi aussi, je préférerais que tu restes. Et si tu t'inscrivais ici ?

– Pourquoi pas ?

En réalité, nous savons l'un comme l'autre que c'est impossible. Tess est déjà assez stressée par notre présence, à Mouse et moi. Avant-hier, elle a écrit à mon père et contacté les services sociaux londoniens dans l'espoir de localiser la mère du petit.

Je demande à Finn :

– Les études, ça te plaît ?

– Ça va. Je n'ai pas vraiment le choix. Il faut juste attendre que ça passe.

– Tu n'as jamais eu de problèmes avec les autres élèves ?

– Si, en 6e. Je n'avais pas encore de dreads mais les cheveux longs, et j'avais récupéré le vieil uniforme de Niall. On me recrutait toujours pour jouer du piano pendant la réunion hebdomadaire des élèves. La honte. Du coup, une bande de garçons plus âgés passait son temps à me traiter de chochotte et de bête de foire. Ils me bousculaient à la cantine, me donnaient des coups de pied en cours de sport, me poussaient dans les escaliers, m'insultaient.

Son visage se ferme à l'évocation de ces souvenirs.

– Tu as fait quoi ?

– J'ai fini par me battre avec l'un d'eux pendant un match. Il s'en est sorti avec un œil au beurre noir, j'ai été renvoyé une semaine et, après ça, plus personne ne m'a jamais embêté.

– Tu as été renvoyé ?! Tu ne leur as pas expliqué que c'était toi, la victime ?

– Ça n'aurait servi à rien.

– C'est dingue. Et Tess, qu'est-ce qu'elle a dit ?

– Elle n'était pas très contente.

Nous escaladons une barrière et traversons un champ qui grimpe en pente raide. Le paysan vient de couper le foin et de le rouler en grandes balles. L'odeur est paradisiaque.

– Maintenant, ça se passe mieux, continue Finn. Mon prof de musique m'a présenté un autre élève, Jon, passionné de batterie. On s'est vite rendu compte qu'on aimait les mêmes trucs, et on a commencé à jouer ensemble. Mon copain Danny nous a rejoints à la basse, et voilà, notre groupe était né. On s'appelle Spider Pie. On se produit pour les concerts de fin d'année, tout ça. C'est un peu trop bruyant et énervé au goût de certains profs, mais c'est quand même autre chose que les petits cantiques qu'on me faisait jouer au piano !

– Tu m'étonnes ! Je vais surveiller les concours de jeunes talents à la télé, alors.

– J'espère bien !

Il s'arrête pour retirer une épine de son pied.

– Tu mets des chaussures quand tu vas en cours ?

– Évidemment ! Tu me prends pour quoi, un rebelle ?

– Bonne question ! Disons juste que j'ai du mal à t'imaginer avec des baskets et une cravate.

– Des baskets ? Qui te parle de baskets ? J'ai des Doc Martens à lacets vert fluo et noir. Et je porte toujours ma cravate. Soit au poignet, soit dans mes cheveux !

Cette image me fait rire.

Nous avons quasiment atteint le haut de la colline. J'ai chaud et je commence à fatiguer.

– Elle est où, ta plage ? Dans l'hémisphère Sud ?

– Patience, me répond Finn. Mais comme je l'ai dit à Mouse, ne t'attends pas à quelque chose d'exceptionnel.

Nous débouchons enfin au sommet, et elle est là, en contrebas. Une vaste étendue d'eau turquoise scintillante flanquée d'un croissant de vase brune, sur lequel je distingue un puzzle de rochers et de flaques.

– Waouh !

C'est une vraie plage et, même si elle n'est pas très jolie, nous l'avons rien que pour nous.

– On fait la course ? lance Finn.

Nous dévalons la pente, bras écartés et cheveux au vent. Arrivés au muret qui marque la fin du champ, nous le franchissons d'un bond, à bout de souffle. L'herbe se raréfie, se dessèche et cède bientôt la place à de gros cailloux et à de la boue.

Je retire mes chaussures pour marcher sur les galets. Finn me précède, en équilibre sur les rochers glissants, les yeux baissés vers les trous d'eau peuplés de berniques. Quand je le rattrape, il est debout dans l'un d'eux, un petit crabe pâle se promenant entre ses orteils. Je grimace.

– Berk !

– C'est rien, ça chatouille juste un peu...

– Je voulais dire : pauvre crabe !

– Hé !

Il me donne un petit coup de coude et mon pied glisse, atterrissant dans la flaque à côté de lui. L'eau est froide. Le crabe file se cacher sous une pierre.

– Tu lui as fait peur, me gronde Finn.

– Non, c'est toi !

Il me tire la langue, je l'imite, et il me fixe avec une telle intensité que je finis par détourner les yeux de peur de faire quelque chose de ridicule – comme par exemple, rougir.

Nous reprenons notre route en pataugeant de flaque en flaque. Lorsque nous arrivons à la mer, je piaille :

– C'est gelé !

– Mais non, arrête un peu, elle est super bonne !

Après nous être poussés, tirés et éclaboussés, nous finissons par simplement nous tenir la main. Celle de Finn est grande, rêche et chaude autour de la mienne. Nous donnons des coups de pied dans l'eau translucide, enfonçons nos orteils dans la vase où des coquillages acérés nous griffent la peau. De longs rubans d'algues s'enroulent autour de nos chevilles telles des mèches de cheveux vert émeraude.

– Ça t'arrive, parfois, de vouloir arrêter le temps ? me demande Finn. De figer les choses exactement comme elles sont ?

– Bien sûr. Avant que la vraie vie reprenne ses droits...

Ses doigts étreignent les miens, puis il s'écarte, et je peux de nouveau respirer normalement.

– Explorons un peu la plage, me propose-t-il. Pour trouver un souvenir à rapporter à Mouse.

Nous fouillons la bande de bois flotté et de déchets qui borde la mer, en quête de trésors cachés. Nous récoltons une touffe de longues plumes blanches, des morceaux de verre lisses et multicolores, et la carapace d'un crabe géant encore doté de ses pinces.

– Il va être ravi ! se réjouit Finn en rangeant nos trouvailles dans son sac. C'est chouette, avec Mouse, j'ai un peu l'impression d'avoir un petit frère.

– Oui, moi aussi. Tous les trois, on forme une famille.

Il fronce les sourcils et shoote dans un méli-mélo de corde bleue enroulée autour d'une bouteille en plastique vide.

– Je n'ai pas envie d'être ton frère. Ce n'est pas comme ça que je me sens. Pas comme ton *frère*.

– Je sais.

Il a raison : dans la famille que nous nous sommes inventée, Finn et moi ne sommes pas frère et sœur. Il me prend une nouvelle fois la main, et je me laisse faire. Nous continuons à marcher.

De l'autre côté du promontoire qui ferme la plage, nous découvrons une minuscule crique de sable blond. Derrière, des collines couvertes de prairies fleuries s'élèvent en pente douce. C'est un lieu secret, à moitié caché au creux des dunes.

– Génial ! s'écrie Finn, tout content. Je ne me souvenais pas de cet endroit.

– C'est une plage magique qui n'existe que le jour de ton anniversaire. Ce soir, à minuit, elle disparaîtra.

Nous laissons tomber nos sacs pour courir sur le sable chaud. Les grains collent à nos pieds humides et volent à chacun de nos pas. Finn ouvre les bras, tourbillonne sur lui-même et tombe à la renverse. Il me regarde, les yeux brillants.

– On faisait tout le temps ça quand on était petits. On tournait, tournait, jusqu'à perdre l'équilibre et s'écrouler. On appelait ça « faire la toupie ». Tu te rappelles ?

– Je crois, oui…

J'y ai souvent joué à la récréation avec Sasha, Sara et Jade. Mais j'avais oublié que la toupie datait de l'époque lointaine où Finn et moi étions amis, avant même que j'aille à l'école.

Puisqu'il ne se trouve pas trop vieux pour ça, alors moi non plus. Les bras écartés, je m'élance, d'abord doucement, puis de plus en plus vite, perdant tout contrôle. Le monde chavire, le sol se dérobe sous mes pieds et je me sens partir en arrière.

Mon dos et ma tête heurtent brutalement le sable. Allongée là, je retrouve les sensations qui me faisaient tant aimer ce jeu. Plus rien n'existe à part moi, ma tête qui tourne et mon cœur qui bat. La réalité se brouille, le ciel et la terre se confondent.

Je serre les poings dans l'espoir de calmer mon vertige, mais les grains dorés me filent entre les doigts. Le soleil me cloue au sol de ses rayons. Une main vient se poser sur la mienne, l'enlace. Finn. Nous restons immobiles quelques minutes, peau contre peau, en attendant que le monde cesse de tourner.

Puis il se redresse et m'aide à me relever. Je trébuche contre lui en riant. Il me soulève le menton, me contemple longuement et m'embrasse.

Ce n'est pas comme je l'avais imaginé. Ses lèvres sentent le sel, la plage et le bonheur. Elles sont douces, si douces. Au bout d'un moment, nous nous écartons sans nous quitter des yeux. Il balaie le sable qui s'accroche à mes joues et mes cheveux.

J'ai toujours le vertige, et le jeu de la toupie n'y est pour rien.

25

Lorsque nous rentrons, vers 18 heures, nous sommes accueillis par de la musique, des lanternes scintillantes et une odeur de feu de bois et de tofu grillé.

Leggit se précipite à notre rencontre dès que nous poussons le portail. Quelqu'un lui a fabriqué un collier d'osier et de fleurs. Elle se jette sur nous, traînant ses rubans derrière elle, pour lécher notre peau salée.

– Finn ! Dizz ! nous appelle Mouse depuis la cabane.

– Coucou, Mouse ! On t'a rapporté des souvenirs.

Il est déjà en train de descendre l'échelle de corde. Il nous rejoint d'un pas sautillant et regarde Finn déballer ses trésors.

– Cool… souffle-t-il en caressant du bout des doigts les plumes douces, les morceaux de verre de couleur et la carapace de crabe. Vous m'emmènerez, la prochaine fois ?

– Bien sûr ! je réponds.

– Tu nous as manqué, tu sais, ajoute Finn.

– Tu avais pris ton Mars ?

– Oh oui, on l'a mangé depuis longtemps ! Merci beaucoup. C'était un super cadeau.

Mouse sourit d'un air mystérieux.

– Attends un peu, c'était que le début !

Puis il s'éclipse, les yeux brillants, pendant que Tess, Niall et la grand-mère nous accaparent. Le barbecue est prêt. Nous remplissons nos assiettes de maïs rôti, de burgers au tofu et de brochettes de légumes. Quelqu'un a sorti le lecteur CD et les enceintes. Niall remplace l'album de Bob Dylan qui tournait par l'un des groupes de *nu metal* préféré de son frère.

Finn ouvre ses cadeaux : un sweat à capuche, un jean, deux cahiers de partitions et un magnifique *bodhrán* peint à la main. C'est une sorte de grand tambourin orné de dragons celtiques. Il le tient contre lui et fait courir le bâton à toute vitesse sur la peau pour en tirer un grondement déchaîné.

Nous mangeons autour du feu, dans un brouhaha de rires et de conversations. Quand la nuit tombe, Finn enfile son nouveau sweat et Tess nous distribue des cierges magiques. Je plonge le mien dans les flammes, où il s'allume en crépitant, puis je trace les mots « Dizzy + Finn » dans les airs, si vite que personne n'a le temps de les lire. Personne à part Finn, qui dessine un cœur avec le sien en me regardant dans les yeux.

Mouse essaie de jongler avec plusieurs cierges, mais Tess menace de les lui confisquer s'il continue. Alors il se rabat sur ses trois balles de velours, qu'il lance de plus en plus haut à la lueur vacillante des flammes. Il les passe à Niall et les rattrape à la volée, sans en laisser tomber une seule.

– Vous voyez, j'aurais très bien pu le faire avec du feu !

Je lui réponds :

– Peut-être, mais ce n'était pas nécessaire. Tu as été génial, Mouse.

– Génial ? Tu rigoles, ça, c'était rien. Tu verras.

Je lui fais un clin d'œil avant de me retourner. La rampe de BMX est beaucoup trop proche du feu ; le bois commence déjà à noircir. Je la pousse d'un coup de pied et parviens à l'écarter de quelques centimètres avant de prévenir Finn :

– Elle est un peu abîmée !

Il hausse les épaules. Il l'a fabriquée lui-même avec quelques planches, donc ce n'est pas bien grave.

– Encore un coup de Mouse, soupire Tess. Tout à l'heure, il s'amusait à sauter par-dessus le bûcher à vélo. Avant qu'il soit allumé, bien sûr !

– Il se débrouille de mieux en mieux.

– C'est vrai qu'il est plutôt doué. Comme pour le jonglage. Mais il faut toujours qu'il tente de nouvelles figures. Il n'a vraiment peur de rien !

– Ou alors, intervient Finn, c'est un tout autre genre de choses qui l'effraie.

– Possible. Bon, je vais chercher le gâteau !

Une minute plus tard, Tess ressort de la maison en criant :

– Niall ! Viens vite ! Cette saleté de bouc s'est encore détaché et il est dans la cuisine. J'ai besoin d'un coup de main !

Son fils aîné la rejoint en courant.

– Tu crois qu'elle a réussi à sauver le gâteau ? me demande Finn. La dernière fois que Cédric est entré dans la maison, il a mangé de la glace, mon cahier de physique de 5e et le gilet de mamie. Je crains le pire.

Sa grand-mère est assise sur un tronc de l'autre côté du feu, l'air fatigué et rêveur. Elle ne s'aperçoit même pas que Finn se rapproche de moi et me prend la main.

– J'ai passé une super journée, murmure-t-il.

À court de mots, je laisse retomber mes cheveux devant mon visage. Et bien sûr, c'est le moment que choisit la musique pour s'arrêter. Comme Niall n'est pas là pour la relancer, le silence s'installe, long et pesant.

– Hé ! lance une voix fluette, nous faisant sursauter. Regardez-moi !

Mouse nous fait signe depuis le fond du jardin, petite silhouette maigre et souriante perchée sur le BMX. Je mets un moment à comprendre pourquoi l'engin me paraît différent de d'habitude : il a fixé des cierges magiques tout autour des roues, qui crépitent et scintillent dans la nuit.

– Très classe, le complimente Finn.

Mais les mots meurent sur ses lèvres lorsqu'il voit Mouse s'élancer sur la pelouse en pente, laissant une traînée argentée derrière lui.

Il se dirige droit vers la rampe et le bûcher. Comme il s'y est entraîné tout l'après-midi avant qu'il soit allumé. Le connaissant, on aurait dû se méfier.

« Ça, c'était rien. Tu verras. »

J'ouvre la bouche pour crier, mais j'ai l'impression qu'elle est pleine de sable. Aucun son n'en sort. La grand-mère de Finn est déjà debout de l'autre côté du feu, blanche comme un linge. Leggit se met à gémir.

Mouse décolle de la rampe et s'envole au-dessus des flammes. Suspendu dans les airs, il tente de faire faire un tour complet au guidon. Il va y arriver. Il lâche les poignées, la roue avant pivote, mais soudain elle se bloque et le vélo chute comme une pierre.

– Il y a une branche coincée dans les rayons ! hoquette Finn.

Mouse se propulse sur le côté dans l'espoir d'en réchapper. Il a peut-être une chance. Et puis le BMX disparaît dans le feu, et lui avec.

Le silence qui régnait depuis l'arrêt de la musique est alors brisé par un horrible hurlement, qui se prolonge durant une éternité.

26

Le temps qui semblait s'être ralenti repart soudain en accéléré.

Finn remonte sa capuche, tire sur ses manches et s'élance dans le feu. Il écarte les branches enflammées, attrape le vélo et se jette enfin en arrière, Mouse dans les bras.

Des flammèches grignotent le jean et le tee-shirt de l'enfant. Finn roule sur le sol en le serrant contre lui et ne le lâche qu'après avoir étouffé la dernière étincelle.

Mouse reste immobile, silencieux.

La grand-mère de Finn arrive en courant avec le tuyau d'arrosage. Elle asperge les vêtements de Mouse, inonde le pauvre petit corps qui tressaille violemment.

– Arrête ! je crie. Tu lui fais mal ! Tu es sûre que c'est une bonne idée ?

– Va chercher Tess, m'ordonne-t-elle. Dis-lui d'appeler une ambulance.

J'hésite. Sous l'odeur de caoutchouc et de tissu calcinés, j'en détecte une autre. Une odeur de cheveux ou de peau brûlés.

– Vite ! tonne la grand-mère.

C'est la première fois que je l'entends hausser le ton. Ravalant ma terreur, je file vers la maison.

Tess apparaît à la porte avec un énorme gâteau surmonté de bougies allumées. Derrière elle, Niall se débat avec Cédric dans le couloir.

– Tu as vu comme il est beau ? se vante-t-elle. Tu crois que ça va lui plaire ? Dizzy ? Qu'est-ce qui se passe ?

– Le feu… Mouse… il est tombé… et Finn… il faut appeler une ambulance !

L'odeur écœurante m'envahit de nouveau les narines, et j'ai à peine le temps de me tourner vers les buissons avant de vomir.

Tess lâche son gâteau et se précipite vers le feu. Niall prévient les secours puis me prend par les épaules pour me ramener auprès des autres.

Mouse est roulé en boule dans l'herbe, tout pâle, les paupières frémissantes. Agenouillée à ses côtés, la grand-mère essaie de lui faire boire un peu d'eau. Leggit pleure, aplatie sur le sol, et pousse Mouse du museau en lui donnant des petits coups de langue. Il tend la main pour la caresser.

Il ne me paraît pas trop atteint, jusqu'à ce qu'il

tourne la tête et que je vois les dégâts causés par le feu. La nausée me reprend de plus belle.

Finn reste prostré à quelques mètres de nous. Tess lui passe un chiffon mouillé sur les jambes, et je m'aperçois soudain que c'est un bout de tissu arraché à sa jupe.

– Oh, Finn, murmure-t-elle. Tes pauvres pieds...

Je suis incapable de les regarder, ces pieds magnifiques qui se sont élancés, nus, sur les braises chauffées à blanc pour sauver Mouse. Je préfère me concentrer sur son visage, tordu de douleur et inondé de larmes.

Un petit paquet sombre gît dans l'herbe tout près du feu. La souris en peluche. Je la récupère d'une main tremblante.

L'ambulance emmène Mouse, Finn et Tess. Niall, sa grand-mère et moi la suivons en voiture. Après une longue route dans le noir, nous arrivons enfin à l'unité des grands brûlés de l'hôpital, à plusieurs dizaines de kilomètres de la maison. Nous nous asseyons dans un couloir qui sent la javel et l'angoisse. Tess attend des nouvelles, le regard creusé et douloureux.

– C'est ma faute, répète-t-elle. J'aurais dû m'en douter. Toute la journée, il n'a pas arrêté avec son fichu vélo et sa rampe. J'aurais dû deviner.

– Tu ne pouvais pas savoir, la réconforte Niall. C'était de la folie.

– Son visage, souffle Tess. Son petit visage, tout abîmé d'un côté. Et les pieds de Finn. Seigneur, combien de fois lui ai-je demandé de porter des chaussures ?

– Arrête, maman. Ce n'est la faute de personne.

Niall se trompe.

Oui, Mouse a été dingue de vouloir sauter par-dessus le feu. C'était très risqué, mais il a failli réussir. S'il n'avait pas essayé de faire tourner son guidon, si une branche n'était pas venue se coincer dans la roue…Si je n'avais pas reculé la rampe de quelques centimètres.

Il avait passé l'après-midi à s'entraîner, à peaufiner ses réglages. Et moi, j'ai tout faussé.

C'est moi la coupable. Je réprime un nouveau haut-le-cœur et laisse libre cours à mes larmes. Mes yeux me brûlent comme s'ils étaient pleins de gravier.

Après ce qui me semble durer une bonne centaine d'années, un médecin et une infirmière viennent parler à Tess.

– Est-ce qu'ils vont s'en sortir ? demande-t-elle en agrippant le bras du docteur. Comment ça se présente ? Est-ce qu'ils…

– Ils se reposent, répond l'homme. Le petit garçon présente des brûlures au deuxième et au troisième degré à la tête, aux épaules et aux mains, ainsi que des lésions plus superficielles au niveau du torse et du dos. Il s'en remettra, mais il gardera des cicatrices.

Plus tard, nous pourrons peut-être envisager une chirurgie réparatrice pour atténuer les dégâts.

– Et Finn ?

– Quelques brûlures aux mains et aux poignets, mais rien de bien méchant. Ce sont surtout ses pieds qui nous inquiètent. Il est encore trop tôt pour savoir comment ils vont cicatriser, mais il risque lui aussi de rester marqué.

– Et à part ça, ils vont bien ? insiste Tess.

L'infirmière sourit tristement.

– Oui, madame Campbell, ils vont bien. Dites-moi… y a-t-il quelqu'un que vous souhaitez appeler ? Leur père, peut-être ?

– Oh non, nous sommes séparés. Et celui de Mouse est en Inde. Mais on devrait sans doute prévenir sa mère…

Le médecin fronce les sourcils.

– Le plus jeune n'est pas votre fils ?

– Non, nous l'hébergions simplement pour quelque temps…

– Vous dites que son père est à l'étranger ? Et sa mère ?

– Elle est malade, intervient la grand-mère de Finn. Elle est hospitalisée à Londres, dans une clinique. Ma fille donnait juste un coup de main.

– Je vois. Quel est votre lien de parenté avec cet enfant ?

– Je n'en ai pas, avoue Tess.

– Je vois, répète-t-il.

– Il fallait bien que quelqu'un s'occupe d'eux ! fait la grand-mère.

– Comment ça, « eux » ? demande l'infirmière.

– Eh bien, Mouse et Dizzy.

Le médecin nous regarde tour à tour, Tess et moi.

– C'est toi, Dizzy ? La sœur du petit garçon qui est tombé dans le feu ?

Je hoche la tête, mais Tess dément aussitôt.

– Non, ce n'est pas sa sœur. Elle passe les vacances avec nous elle aussi. Sa mère est en Inde, et son père à Birmingham.

– Je vois.

Nos interlocuteurs nous tournent le dos.

– Services sociaux, chuchote l'infirmière, pensant que nous ne l'entendons pas.

Un peu plus tard, on nous emmène voir les deux malades, qui sont encore sous sédatifs. Si Finn n'a pas l'air trop mal en point, Mouse semble tout droit sorti d'un reportage sur une zone de guerre. Une espèce de film transparent recouvre la moitié de son visage et ses mains. Je sors la souris en peluche de ma poche et la glisse doucement sous sa couverture.

Il est 9 heures du matin quand nous rentrons à Bramble Cottage. Les rayons du soleil filtrent entre les branches des pommiers où pendent les lanternes éteintes depuis longtemps. Quelques braises couvent toujours au milieu du feu, sous une montagne de bûches calcinées. Le squelette noirci du BMX gît sur le sol, à moitié dans l'herbe, à moitié dans les cendres.

Devant la maison, un plat en porcelaine cassé indique l'endroit où Tess a laissé tomber le gâteau d'anniversaire de Finn. Il n'y a plus trace ni de la génoise, ni des fruits, ni de la crème, ni des bougies.

– Le bouc a dû tout manger, suppose Niall. Tant mieux pour lui.

La porte est restée grande ouverte. Le chat tigré s'étire dans le couloir au milieu d'un carré de soleil.

– Tout le monde au lit, décrète Tess. Et pas dans la cabane. On a besoin de se reposer si on veut retourner voir les garçons tout à l'heure.

– OK.

À l'intérieur, le téléphone sonne. Elle se dépêche d'aller décrocher.

– Une tasse de camomille ? propose la grand-mère. Ça nous aidera à trouver le sommeil.

Nous entendons Tess parler dans la pièce voisine.

– Vous croyez que c'est l'hôpital ? je demande.

– Mais non. Arrête de t'inquiéter, dit Niall.

Quand Tess revient dans la cuisine, tous nos regards se braquent sur elle. Elle tente d'afficher un sourire enjoué, sans grand succès.

– Dizzy… C'était ton père.

27

La sonnette retentit, encore et encore, quelque part au loin. Elle m'arrache à mon sommeil, et je me redresse dans mon lit en me frottant les yeux. Le bruit recommence.

Le soleil inonde la pièce à travers les minces rideaux rouges, et le réveil posé sur la table de nuit indique un peu moins de midi. Les murs sont couverts de posters noir et blanc de groupes de punk renfrognés ; une paire de Doc Martens à lacets fluo est posée sous le bureau. Je suis bien dans la chambre de Finn.

Nouveau coup de sonnette. Je sors en courant et dévale l'escalier. Des ombres se dessinent derrière la vitre colorée de la porte d'entrée.

J'ouvre, le regard encore embrumé.

– Papa !

Je me jette à son cou, il me soulève du sol comme quand j'étais petite et me fait tourner, tourner. Puis nous revenons sur terre, agrippés l'un à l'autre. Alors que j'enfouis mon visage dans son cou, j'entends une espèce de reniflement. Je me demande s'il rit ou s'il pleure.

Peu importe. Il est là.

Nous restons comme ça un long moment. Lorsque nous nous écartons enfin, mes cheveux sont humides là où se trouvait sa joue, et ses yeux sont aussi bouffis que les miens.

Je le trouve étrangement changé. Ses cheveux bruns sont plus gris sur les tempes, son visage terne et triste. Des rides que je ne lui connaissais pas barrent désormais son front. J'ai l'impression de ne pas l'avoir vu depuis dix ans, alors que ça ne fait que dix semaines.

– Tu es venu… (Ma voix est rauque et hachée.) Tu es enfin venu !

Un éclair de douleur passe sur son visage.

– Oh, Dizzy… bien sûr que je suis venu !

Derrière lui se tient Lucy, fraîche et pimpante dans son top bleu et son jean brodé. Elle hésite, un sourire nerveux sur les lèvres. J'aperçois sa voiture garée un peu plus loin dans l'allée. Cédric est en train de renifler la roue avant.

– Bonjour, Lucy.

– Bonjour, Dizz.

Elle me serre dans ses bras avec douceur. Je lui rends son étreinte. Tess descend à son tour l'escalier, en chemise de nuit, un châle en crochet drapé sur les épaules.

– Pete ! lance-t-elle. Ça faisait longtemps. Entrez, entrez, tous les deux. Laissez-moi juste appeler l'hôpital, et ensuite on pourra discuter pour éclaircir toute cette histoire.

Je les conduis dans la cuisine où je mets la bouilloire à chauffer.

– Comment va… Finn, c'est ça ? Le fils de Tess ? me demande papa. Et l'autre petit garçon ? Que s'est-il passé ?

Je détourne le regard.

– C'était l'anniversaire de Finn. Mouse a voulu se donner en spectacle pour nous impressionner. Il a essayé de sauter par-dessus le feu avec son BMX, mais une des roues s'est bloquée, et il est tombé dans les flammes. Finn l'a sauvé.

– Quelle horreur ! gémit Lucy.

Papa hoche la tête, une main sur la bouche, les sourcils froncés. Il songe sans doute que ça aurait pu être moi. Je reprends :

– Quelqu'un avait déplacé la rampe. C'est pour ça qu'il n'a pas réussi. Il avait tout calculé, mais quelqu'un a bougé la rampe…

Mon père me dévisage.

– Non, non, Dizzy. C'était de la folie, voilà tout. Si ça n'avait pas été la rampe, il y aurait eu autre chose.

– Il aurait dû vérifier, ajoute Lucy.

– Il n'a que sept ans !

– Dizz...

Tess entre dans la pièce en traînant son châle derrière elle.

– Alors ? l'interroge papa. Quelles sont les nouvelles ? Comment vont-ils ?

– Mieux. Ils se reposent. On pourra leur rendre visite tout à l'heure.

Elle se laisse tomber lourdement sur une chaise.

– Bienvenue, Pete et... Lucy, c'est ça ? Je suis heureuse de vous voir. Vous n'avez pas eu trop de mal à nous trouver ?

Papa la contemple fixement.

– Pas eu trop de mal ? répète-t-il d'une voix tremblante. Oh non, pas du tout, ça nous a juste pris dix semaines ! J'ai vécu un véritable enfer. Aucune nouvelle jusqu'à ce que je reçoive ta lettre !

– Je n'avais pas la moindre idée de ce qui se passait, lui jure Tess. Crois-moi, avant ton coup de fil de ce matin, je ne me doutais de rien.

Je pose trois tasses de tisane et un jus de pomme sur la table, étonnée de ce que j'entends.

– Mais voyons, papa, tu savais que j'étais ici. Storm devait te tenir au courant.

Il ferme les yeux et prend une profonde inspiration.

– Quelle blague ! Je te cherche partout depuis que tu es partie, le lendemain de ton anniversaire. Neuf semaines et six jours. Je pourrais même te dire combien d'heures, de minutes et de secondes ça représente. J'ai cru que je ne te reverrais jamais.

– Assieds-toi, me conseille Tess d'une voix douce. (Je lui obéis.) J'ai l'impression que Storm n'a pas été tout à fait honnête à propos de cette histoire de vacances...

– Des vacances ? éructe papa. C'était un kidnapping, oui ! N'essaie pas de la défendre, Tess. Cette fois, elle est allée trop loin. Beaucoup trop loin.

Je n'y comprends rien.

– Mais Storm m'a dit que tu étais d'accord ! Et je t'en ai parlé moi-même, ce matin-là, en venant te dire au revoir...

Papa se prend la tête à deux mains.

– Non, Dizzy. Justement. J'avais une sacrée gueule de bois, mais je m'en serais souvenu si tu m'avais annoncé que tu partais passer l'été avec ta mère. J'ai cru... j'ai cru que tu allais au collège.

Lucy me prend la main.

– Il a commencé à s'inquiéter en ne te voyant pas rentrer après les cours. Il a appelé Jade, Sara et Sasha, qui bien sûr ne t'avaient pas vue. Alors on a prévenu la police.

La police ? Storm, Storm... Qu'est-ce que tu as fait ?

Ils me racontent tout en détail. Après avoir interrogé papa, les policiers ont conclu qu'il y avait de fortes chances pour que je sois avec ma mère. Ils ont émis un avis de recherche mais n'ont pas fait beaucoup d'efforts pour me localiser. J'étais dans ma famille ; je ne faisais pas partie des cas de disparitions prioritaires.

Lucy a conduit papa jusqu'au pays de Galles, et ils ont écumé tous les festivals, tous les concerts en plein air, tous les recoins de la région.

– Vous ne risquiez pas de m'y trouver. On n'est jamais allées là-bas. J'étais en Écosse.

– Ça ne m'étonne pas, Storm est une petite maligne. Un beau jour, la police nous a informés qu'une jeune fille correspondant à ta description avait été arrêtée pour vol à l'étalage à Ayr. Le temps que les agents fassent le rapprochement et retournent au campement, elle avait disparu.

– Oui, c'était bien moi. Mais je n'avais rien volé.

– Je rêve ! s'exclame Tess. Voilà donc pourquoi elle a tant insisté pour qu'on plie bagage au beau milieu de la nuit ! Elle se doutait de ce qui allait se passer.

Papa hausse les épaules.

– On est montés en Écosse se renseigner par nous-mêmes, mais personne n'avait entendu parler ni de toi ni de Storm. Ou alors, ils préféraient se taire.

– Tu n'aurais pas appelé, un jour ? me demande brusquement Lucy. Avant de me raccrocher au nez ?

Rouge de honte, je lui fais signe que oui.

– Je ne sais pas pourquoi. J'avais peur. J'étais perdue. Pardon.

Elle me dévisage longuement. Elle sait pourquoi j'ai raccroché : parce que j'étais jalouse, blessée et stupide. Mais puisqu'elle lit si facilement dans mes pensées, elle doit aussi sentir que je m'en veux terriblement.

– Ça n'a plus d'importance, murmure-t-elle. On t'a retrouvée.

Soudain, je repense à un détail.

– Je t'ai envoyé des cartes postales, papa. Cinq. Tu ne les as pas reçues ?

Il ouvre de grands yeux.

– Non, aucune. Tu es sûre que tu les as postées ?

Je garde le silence. Après les avoir écrites, je les ai toutes confiées à ma mère. « Comme ça, je pourrai y ajouter un petit mot, disait-elle. Je la posterai quand j'irai en ville. Ça ne me dérange pas. »

– Je les ai données à Storm...

Papa vide sa tasse et la repose d'un geste las.

– Bon, et en parlant d'elle, où est-elle ?

Tess se lève et resserre son châle autour d'elle.

– Quand je t'ai écrit, je pensais que tu étais au courant. Et ce matin, au téléphone, j'ai compris que non, mais je ne savais pas comment te le dire.

– Me dire quoi ?

C'est moi qui lui réponds :

– Maman n'est plus là. Elle est partie il y a trois ou quatre semaines. En Inde.

28

Nous restons quelque temps chez Tess. Chaque jour, je vais voir les garçons à l'hôpital. Je finis par m'habituer à la vue des cicatrices brillantes sur les pieds de Finn, et des pansements transparents sur la tête, les mains et les épaules de Mouse.

Finn est maintenant capable de se déplacer en fauteuil roulant jusqu'à la chambre du petit garçon, au bout du couloir. Ses pieds le font encore souffrir, mais ils sont en voie de guérison.

– Je ne pourrai sans doute plus me balader sans chaussures l'été, regrette-t-il.

– Non, sans doute.

Mouse est plus optimiste qu'on ne pourrait croire.

– J'ai failli réussir, tu as vu ? me dit-il un jour. C'était un saut magnifique.

– Quoi ? Tu as surtout failli y rester !

– Mais non. La prochaine fois sera la bonne.

– Il n'y aura pas de prochaine fois.

– Non ?

– Non, confirme Finn d'une voix sévère. Jamais.

Mouse hausse les épaules.

Rassemblant mon courage, je me décide enfin à lui parler de la rampe, et je conclus :

– C'est ma faute si ça s'est mal terminé.

– Tu l'as beaucoup reculée ?

– Non, elle était lourde. De quelques centimètres, je dirais.

Je lui montre la distance avec deux doigts, et il secoue la tête tristement.

– Ça aurait rien changé. Le saut était parfait. C'est la branche qui a tout gâché. J'aurais peut-être pas dû essayer de faire tourner le guidon.

– Tu n'aurais pas dû sauter du tout !

– C'était pour vous, m'explique-t-il avec un sourire. Pour Finn et toi.

Ce dernier lui tire gentiment l'oreille – celle qui n'est pas enveloppée de film plastique, celle qui n'est pas brûlée.

– Je sais, petit gars. Je sais.

– J'ai presque réussi.

– Oui, presque.

Mais « presque », ça ne suffit pas.

Une infirmière vient changer les pansements de Mouse, dévoilant des plaques de peau bizarre et toute fripée sur son cou, sa joue, son oreille, ses mains et ses épaules. Elle nous explique que les cicatrices vont s'atténuer mais ne disparaîtront jamais complètement. Mouse se décoche une grimace dans le miroir. Il n'a pas l'air trop bouleversé.

Pendant qu'il se rétablit à l'hôpital, l'équipe médicale et les services sociaux tentent de décider de son avenir. Ils contactent la clinique de désintoxication à Londres, où on leur annonce que sa mère va mieux mais n'est toujours pas en état de s'occuper de lui. Avec quelques difficultés, ils parviennent aussi à joindre Zak à Goa. Celui-ci discute avec les médecins, puis avec l'assistant social en charge du dossier de son fils, avant d'appeler Tess.

Elle nous fait signe de venir dans le salon et met le téléphone sur haut-parleur pour que nous entendions tous. Une fois de plus, elle raconte en détail ce qui s'est passé.

– Je suis tellement désolée, s'excuse-t-elle. On l'est tous. Mais, d'après les médecins, il sera bientôt sur pied.

Zak avoue que les débuts du centre de soins sont un peu difficiles. Il reste encore beaucoup de travail avant qu'il soit opérationnel, et Josh compte énormément sur lui. Un retour en Angleterre n'est absolument pas envisageable.

– Tu ne peux pas garder Mouse un peu plus longtemps ? supplie-t-il.

– Les services sociaux ne sont pas d'accord. Je le leur ai déjà proposé, mais ce n'est pas si simple. Zak, si tu ne reviens pas le chercher, ils vont le placer dans un foyer.

– Mais non, ils ne feront jamais ça.

Assis sur le canapé, nous regardons Tess.

– J'ai bien peur que si.

Zak reste silencieux un moment.

– On pourrait le faire venir ici, reprend-il finalement, comme à contrecœur. Le truc, c'est qu'il n'y a personne pour le surveiller. Je ne voudrais pas qu'il lui arrive quelque chose. À moins que Dizzy puisse l'accompagner ?

Papa arrache le combiné des mains de Tess.

– Non, Dizzy ne peut pas ! Elle a le collège et sa vie qui l'attendent. Vous croyez vraiment qu'elle va partir à l'autre bout du monde pour faire du baby-sitting ? Le pauvre gamin a un père, et c'est vous. Passez-moi Storm.

– Elle est occupée.

– Ben voyons.

Mon père redonne le téléphone à Tess, tremblant de rage.

Zak demande ensuite si Amber et Carl ont payé le tipi, parce que Storm et lui sont un peu à sec. Si Tess pouvait s'en occuper…

Elle en reste sans voix.

– Non mais c'est qui, ce fumier ? s'offusque papa.

– Allô ? Tess ? insiste Zak. Je te parlais de l'argent. Tu m'entends ?

– Oui, écoute, il faut que je te laisse. Embrasse Storm pour moi, et dis-lui que Dizzy est en sécurité avec son père. Essaie aussi de passer un coup de fil à Mouse à l'hôpital, d'accord ? Ça lui ferait plaisir.

Elle raccroche et se prend la tête dans les mains.

– Pauvre Mouse, commente la grand-mère de Finn. Tu crois qu'il l'appellera ?

– Peut-être, répond sa fille.

Bien entendu, ça n'arrivera pas.

29

Finn est le premier à quitter l'hôpital. Je suis déjà loin, de retour dans la grisaille de Birmingham.

Nous restons en contact par courrier et par téléphone. Tess et lui vont voir Mouse tous les jours. Apparemment, les médecins sont rassurés, mais il faut attendre novembre avant qu'ils le laissent enfin sortir. Un assistant social doit le conduire à Londres, dans une famille d'accueil qui vit tout près de la clinique de sa mère. Il pourra peut-être lui rendre visite quand elle ira mieux.

Papa et moi décidons de retourner le voir, avant son départ pour Londres. Tess vient nous chercher à la gare avec Finn, et nous nous rendons ensemble à l'hôpital sous un soleil pâle.

Mouse nous attend dans le hall, sous la surveillance de son assistant social. Nous le saluons, le serrons dans nos bras puis restons plantés autour de lui, mal à l'aise et rechignant à lui faire nos adieux.

Il est propre et bien habillé, mais son sourire a disparu. Son regard pétillant est devenu terne, son visage fermé. Ses brûlures ont cicatrisé et on lui a coupé les cheveux en brosse. Ça ne lui va pas vraiment, pas plus que le survêtement de marque qu'il porte.

– On peut faire un petit tour ? demande Tess à l'assistant social. Entre nous ?

L'homme, un jeune aux lunettes dorées et au sourire avenant, accepte de nous laisser un peu d'intimité.

– Mais pas trop longtemps, d'accord ? On a de la route à faire, hein, Mouse ?

Ce dernier se renfrogne encore plus. La route risque effectivement de leur paraître très longue.

Nous sortons, suivis de loin par l'assistant social qui s'installe sur un banc. Papa reste à l'écart lui aussi pendant que Tess, Finn et moi déambulons sur la pelouse avec Mouse.

– Attends une minute, bonhomme, annonce Finn. J'ai une surprise pour toi.

Il court vers le parking en boitant un peu.

– Tu vas nous manquer, déclare Tess dans le silence qui s'ensuit. On t'appellera pour prendre de tes nouvelles. (Mouse détourne la tête.) Ça ne durera pas longtemps. Ta maman pourra bientôt te récupérer. Et comme tu vivras tout près de la clinique, ta famille d'accueil t'emmènera la voir. Ça va être chouette, non ?

Mouse donne un coup de pied dans un caillou, laissant une trace de terre sur sa basket neuve.

Je murmure :

– À moi aussi, tu vas me manquer.

Il me foudroie du regard.

– Tu avais promis, bégaie-t-il. Vous aviez promis de me protéger, Finn et toi. Vous deviez empêcher les méchants de m'attraper ! Vous avez menti !

Je le prends dans mes bras et le serre très fort contre moi.

– Oh non, non, je ne laisserai jamais personne te faire de mal. Je te le jure, Mouse !

Quand je le lâche enfin, il me contemple d'un air si triste que je me demande si les « méchants » dont il parle sont les bandits que j'imaginais. Ce n'est peut-être pas si simple. Ce sont peut-être des gens qui essaient de l'aider, comme ce gentil monsieur à lunettes qui lit le journal sur son banc.

– Tout va bien se passer.

Il esquisse un petit sourire courageux.

– Ils ont lavé ma souris, me confie-t-il en me la montrant. Elle est plus comme avant. Tu la veux ?

– Vraiment ?

– Oui. Comme ça, tu m'oublieras pas.

– Ça, ça ne risque pas d'arriver.

Je prends la peluche toute noircie par le feu sur un côté.

– Attention à vous !

Nous nous retournons juste à temps pour voir Leggit débouler sur nous tel un éclair noir et blanc, sa queue battant l'air à toute vitesse. Elle saute autour de Mouse, jappe, bondit sur lui et le renverse dans l'herbe avant de lui lécher le visage et de maculer de terre son sweat gris tout neuf.

– Leggit ! Bas les pattes ! Arrête ! supplie Mouse en riant.

Il caresse son pelage en bataille et ses côtes saillantes. On dirait qu'il ne veut plus la lâcher. Il enfouit son visage contre elle et reste comme ça un long moment. Quand il relève enfin la tête, ses joues sont zébrées de larmes.

– J'ai un truc dans l'œil, grommelle-t-il.

– Oui, moi aussi, dit Finn en s'essuyant les yeux sur sa manche.

30

Me voilà donc de retour dans le monde des cravates rayées, des contrôles de maths, des douches chaudes, de la pizza à emporter et des écrans de télé. Je me promène pieds nus dans l'appartement et enfonce mes orteils dans la moquette en rêvant à de l'herbe fraîche, du sable brûlant, des coquillages. J'ouvre la fenêtre pour respirer mais ne laisse entrer que les gaz d'échappement, la pollution et les basses de la radio allumée de l'autre côté de la rue.

Lucy emménage avec nous après Noël. Finalement, ça ne me dérange pas tant que ça.

Elle remplit la salle de bain de gels douche fruités, de bougies parfumées et de savon à la noix de coco. Quand papa travaille tard le soir, on regarde des films d'amour en mangeant du pop-corn. Les elfes, les fées et les sirènes aux yeux tristes qu'il fabrique ressemblent de plus en plus à sa nouvelle compagne. Et c'est tant mieux.

Jade, Sara et Sasha me harcèlent au sujet de Finn.

– Tu es amoureuse ? me demande Sasha. Ou c'était juste une histoire de vacances ?

– Je n'en sais rien ! C'est mon meilleur ami – après vous, bien sûr !

Ou peut-être même avant.

– Vous vous êtes embrassés ? m'interroge Jade.

– Ça ne te regarde pas !

– Ça veut dire oui ! Elle l'a embrassé ! piaille Sara.

Elles se tordent de rire en s'envoyant des baisers et en battant des cils.

Un beau jour, je trouve enfin le courage de leur montrer les photos que j'ai prises avec l'appareil offert par Lucy. Tess coiffée d'une couronne de fleurs, accroupie devant son camping-gaz près de sa tente. Zak qui jongle avec des massues dans le potager de Bramble Cottage. Storm qui tire la langue, le visage couvert de tourbillons roses et violets.

Et puis Finn, penché sur ma guitare sur la plage d'Ayr ; Finn assis au pied de la cascade ; Finn en gros plan, les joues pleines de sable et le regard du même vert turquoise que l'océan.

– Il est cool, déclare Jade. Un peu bizarre, mais cool.

– J'adore ses yeux, souffle Sara.

– Et ces cheveux… Tu crois qu'il deviendra célèbre ? Comme ça tu pourras dire que tu le connaissais avant !

Ma gorge se serre lorsque nous arrivons à la

dernière photo – Mouse et Leggit blottis l'un contre l'autre dans la cabane

– Drôle de petit bonhomme, commente Jade.

– Il est mignon, lance Sasha alors qu'elle n'en pense pas un mot.

Mais Sara, elle, sait ce que j'éprouve pour lui. Elle me caresse le bras.

– Il va bien, Dizz. Tu l'as dit toi-même. Tu pourras peut-être aller le voir à Londres l'année prochaine ?

– Peut-être.

Mouse s'est bien adapté à sa famille d'accueil. Il voit sa maman quasiment tous les week-ends. Elle est sortie de la clinique et ne touche plus à la drogue, mais elle n'est pas encore prête à s'occuper de lui à plein temps. Je me demande comment il le vit. Est-ce qu'il fait toujours des cauchemars, est-ce qu'il pleure toujours dans son sommeil ? Ce n'est pas le genre de questions que je peux lui poser par téléphone.

Il va à l'école, où il apprend à lire et à écrire.

– Tu t'entraînes toujours à jongler ? lui ai-je demandé la dernière fois que je l'ai appelé. Et à faire du BMX ?

Silence.

– J'ai eu une Gameboy.

– Oh, super. Tu en as de la chance.

– Tu crois que je manque à Leggit ? m'a-t-il demandé tout à coup.

– Évidemment ! Il n'y a plus personne pour lui

donner des Mars et des frites froides maintenant que tu n'es plus là. Elle pense à toi tous les jours. Comme nous.

Tous les deux ou trois mois, je reçois de sa part un colis à l'étiquette soigneusement rédigée par sa mère d'accueil. Il contient toujours un Mars, parfois écrasé, parfois en bon état. Ne sachant pas s'il est pour moi ou pour la chienne, je le partage avec elle.

Car Leggit vit chez moi, désormais.

Tess ne pouvait pas la garder. Elle n'arrêtait pas de courir après le bouc, le chat et les poules, elle saccageait les massifs de fleurs et les plants de laitue.

– S'il n'y a pas d'autre solution, on se débrouillera, mais…

– Non, ce n'est pas à toi de payer les pots cassés, a protesté papa. Storm aurait dû y réfléchir. Mais elle est trop occupée à semer derrière elle la discorde et les ennuis.

– Chut, a murmuré Tess en me regardant.

Comme si je n'étais pas déjà au courant.

– Ça veut dire que Leggit va finir dans un refuge ? ai-je demandé à mon père.

– Non. Pas question. On va la prendre avec nous.

Et c'est ce que nous avons fait.

La chienne-louve ébouriffée qui arpentait les sites de festival en volant nos frites et en nous donnant de grands coups de queue a bien changé. Elle a maintenant le poil doux et soyeux car je la brosse tous les jours. Elle porte un collier en cuir rouge et marche sans tirer sur sa laisse. Entre ses deux repas quotidiens, elle ne vient plus jamais quémander à manger. Papa l'a inscrite à des cours de dressage où elle a appris à s'asseoir, à se coucher, à rester tranquille et à revenir quand on l'appelle.

Elle est méconnaissable. Mais de temps en temps, quand elle s'allonge sur l'épais tapis blanc près du feu, les pattes en l'air, je retrouve son côté sauvage et malicieux. Peut-être que le loup qui sommeille en elle refera surface l'été prochain, pendant nos vacances à Bramble Cottage.

Nous irons tous ensemble, papa, Lucy, Leggit et moi. On essaie de convaincre les parents d'accueil de Mouse de le laisser nous accompagner, mais ils hésitent encore. Je peux les comprendre. Ils doivent nous prendre pour une espèce de communauté déjantée où les enfants, laissés sans surveillance, risquent leur vie à chaque instant. Comment leur expliquer que cet endroit est le seul où le petit garçon a été vraiment heureux ?

Papa et Lucy ont déjà acheté une tente, un modèle familial avec deux chambres séparées et un joli petit porche. Nous partirons dès que les cours seront terminés, c'est-à-dire très bientôt.

Demain, c'est mon anniversaire.

La tradition a évolué : cette année, nous irons dîner au restaurant tous les trois, puis voir un film au cinéma. Tout change, a dit papa. Rien n'est immuable, pas même nous.

Ma chambre aussi est différente. Fini, le tableau en forme d'autel. J'ai rangé la poupée de chiffon, le chapeau et les cartes postales dans une boîte. J'y tiens beaucoup, mais je ne ressens plus le besoin de les exposer. Quant à l'attrape-rêves, je l'ai emballé et envoyé à Mouse. Il en a bien plus besoin que moi désormais.

Je les ai remplacés par le portrait de Finn sur la plage, la photo de Mouse et Leggit dans la cabane, et toute une série de grimaces réalisées avec Jade, Sara et Sasha dans un photomaton du centre-ville. J'ai aussi punaisé sur le liège un emballage de Mars, un lacet vert fluo et noir, un collier de pâquerettes desséchées et une petite souris en peluche un peu brûlée. Des morceaux de ma vie, des choses qui me donnent le sourire.

Plusieurs cartes sont posées sur ma table de nuit, attendant d'être ouvertes demain matin. Une de Tess, une de Finn – qui contient un petit paquet dur que je soupçonne d'être un bracelet –, et une enveloppe à bulles venue de Londres au milieu de laquelle je devine la forme d'un Mars. Pour la première fois, c'est Mouse qui a rédigé l'adresse en grandes lettres mal assurées.

Aucune nouvelle de Storm, mais ça ne devrait plus me surprendre.

Elle m'a quand même écrit pour Noël et envoyé un sari en soie violette brodé de fils argentés. Je l'ai accroché à ma fenêtre, à côté de la guirlande fleurie qui entourait autrefois mon tableau.

Dizzy, ma puce,

J'espère que le sari te plaira. On me l'a donné, mais les vegans ne portent pas de soie, alors j'ai pensé à toi. Goa est magnifique. Peut-être que ton père finira par se radoucir et te laissera nous y rejoindre. On s'amuserait comme des petites folles. Zak te passe le bonjour. On est assis sur la plage, en train d'écouter de la musique et de regarder les étoiles au-dessus de la mer d'argent. Génial, non ?

Bisous

Storm

C'est vrai que ça a l'air sympa. Peut-être que j'irai y faire un tour, un jour.

Ou peut-être pas.

J'éteins la lumière avant de me glisser dans mon lit.

La brise soulève le vêtement de soie, me laissant entrevoir un morceau de ciel éclairé par la lueur de la ville. Si Storm lève la tête sur sa plage à Goa, elle verra l'étoile Polaire, suspendue dans son écrin de velours. Si Finn regarde par la fenêtre dans le Lancashire, il la verra aussi. Mouse, à Londres, n'y prêtera probablement pas attention.

Moi, tout ce que je vois, c'est cette aura lumineuse, ce ciel citadin abîmé et rougi. Mais je n'ai pas besoin de distinguer l'étoile Polaire pour la sentir, l'imaginer.

Pour savoir qu'elle est là.

Retrouve Mouse dans

L'étoile rebelle

Cathy Cassidy

À paraître en juin 2018

Appartement 114 – 9e étage
Tour Rossignol
Cité des Charmes
Clapham
Londres SW1

Cher M. Brown,

Je sais que vous êtes très fâché contre moi, et que vous avez de bonnes raisons de l'être, mais je tenais à vous dire que je suis vraiment, vraiment désolé. Je ne pensais pas que vous seriez aussi contrarié par quelques traces de peinture. Visiblement, je me suis trompé.

Je n'ai même pas d'excuse, à part que j'adore le street art et que je trouvais le mur gris derrière le gymnase un peu triste. Là encore, j'avais tout faux. J'ai compris maintenant que vous l'aimiez comme ça, sans étoiles, spirales ni arcs-en-ciel multicolores.

Je n'aurais pas non plus dû écrire : « Tous les cours sont annulés jusqu'à nouvel ordre » – même si, sur le coup, ça m'a fait rire. Je regrette que certains élèves en aient profité pour rentrer chez eux. Je m'excuse aussi pour mes fautes d'orthographe, qui vous ont sûrement permis de m'identifier. Elles, et mes doigts tachés.

Bref, je voulais vous dire que j'ai retenu la leçon. Dave (vous vous souvenez de lui, mon assistant social ?) estime que c'était la goutte de trop. D'après lui, si je ne me reprends pas très vite, je vais droit dans le mur.

Si vous voulez, je peux tout repeindre pour que ça redevienne gris et fade comme avant. Je l'aurais déjà fait si je n'étais pas exclu du collège. Ma mère a peur que vous appeliez la police si vous m'attrapez encore une fois avec de la peinture. Elle n'a sans doute pas tort.

Alors voilà, j'ai décidé de tourner la page. Finis les tags, à moins que je tombe sur un mur vraiment abandonné et en manque de couleurs – et même dans ce cas-là, je demanderai d'abord la permission. Je promets aussi de faire des efforts en orthographe. D'ailleurs, vous vous étonnez peut-être qu'il n'y ait aucune faute dans cette lettre ? Je l'ai écrite sur l'ordinateur de Dave en utilisant le correcteur orthographique, parce que je sais combien c'est important pour vous.

L'autre jour, quand vous avez dit que mon avenir à Green Vale était en jeu, ça m'a fait réfléchir. Je n'ai pas répondu grand-chose, mais j'ai pris bonne note de tout ça, croyez-moi. Dorénavant, je serai un élève modèle. J'espère que vous m'accorderez une seconde chance. De mon côté, je m'engage à ne plus jamais utiliser de bombe de peinture au collège, quoi qu'il arrive.

Bien à vous,

Mouse (Martin) Kavanagh, 4ᵉ B

Collège de Green Vale
211 Peter Street
Clapham
Londres SW1

Cher Martin Kavanagh,

Pour ton information, le collège a déjà engagé des frais importants afin de recouvrir le graffiti en question ; il ne sera donc pas nécessaire que tu t'en charges. Il me semble cependant que tu ne saisis pas bien la gravité de ces actes de vandalisme à répétition. Si l'on doit encore constater un comportement inapproprié, tu risques un blâme voire une exclusion définitive.

En l'état actuel des choses, tu ne pourras revenir qu'après les vacances d'automne. J'espère constater une nette amélioration de ton travail et de ton attitude au deuxième trimestre.

Cordialement,

Le principal, M. T. Brown

1

– Pas très aimable, commente Dave.

– Non, jamais. M. Brown est un grand stressé.

Il me jette un regard sombre.

– Tu devrais déjà être content qu'il accepte de te reprendre. Ta lettre était un bel exemple de maturité. Tu as présenté des excuses, assumé la responsabilité de tes actes et tiré des leçons de tes erreurs. (Je croque dans un Mars en souriant.) Mouse ? Tu regrettes, n'est-ce pas ?

– Oh, ça va ! C'était pas non plus le crime du siècle. Je voulais juste rigoler un peu.

– « Rigoler un peu » ? Le problème, c'est qu'à part toi, le vandalisme ne fait rire personne !

– Le mur était mille fois plus beau une fois tagué. Ils auraient plutôt dû me donner une médaille.

Dave serre les dents et me dévisage par-dessus ses lunettes à monture noire.

– Tu n'apprendras donc jamais ? J'ai eu beaucoup de mal à dissuader M. Brown de prévenir la police. Je n'ai pas besoin de t'expliquer ce que ça aurait impliqué, étant donné ce qu'on trouve déjà dans ton casier judiciaire.

– Ça aussi, c'était trois fois rien ! Juste des tags sur un arrêt de bus.

Dave secoue la tête.

– Je ne plaisante pas, Mouse. Il faut vraiment que tu arrêtes. Dès que les choses vont un peu trop bien dans ta vie, tu ne peux pas t'empêcher de tout gâcher. Je commence à me demander si ce n'est pas un appel au secours !

Je manque de m'étrangler avec mon Mars.

– Un appel au secours ? Sérieux ?

Les assistants sociaux sont toujours persuadés que nos actes relèvent de traumatismes refoulés, que seul un psychologue peut révéler au grand jour. Vous vous rongez les ongles ? C'est le signe d'une enfance perturbée. Vous avez les cheveux longs ? C'est que vous avez quelque chose à cacher. Vous n'aimez pas les carottes ? Oh là là, vous êtes bon à enfermer.

Dave se laisse aller contre le dossier de son fauteuil, lisse son tee-shirt Nirvana et croise ses jambes dans son jean délavé. Il pense que ces vêtements lui donnent l'air cool, sympa, accessible. Moi, je trouve ça ridicule.

– C'était pas un appel au secours, dis-je. C'était de l'art !

– Hum. La prochaine fois que tu te sens inspiré, va plutôt t'acheter un carnet de croquis.

J'éclate de rire. Les choses que je tente d'exprimer ne tiendraient jamais dans un petit carnet. Elles doivent être étalées sur deux mètres de hauteur, au clair de lune, le cœur battant.

– Pourquoi fais-tu ça, Mouse ? me demande Dave en me fixant de ses yeux verts. Je ne comprends pas.

Il a toute une collection de regards déçus dont il se sert pour me faire culpabiliser. Mais pour une fois, je n'ai rien à me reprocher. Je tague les murs parce que ça me fait du bien. Point.

Il est hors de question que je fouille dans mon passé en quête des raisons profondes qui m'empêchent d'être parfait. J'y ai renoncé depuis longtemps, et j'ai enfermé tous mes mauvais souvenirs dans des cartons que je n'ai aucune intention de rouvrir. Si j'y remets le nez, toute la pile risque de s'écrouler.

– Bon, tu peux y aller, lance Dave. Il est l'heure, et cette conversation ne mène à rien. Le plus important, c'est que tu retournes au collège après les vacances. D'ici là, je te suggère de mettre à profit ton temps libre pour réfléchir. Tu vas devoir changer certaines choses, et vite.

Je me lève et enfile mon sweat à capuche.

– Merci pour ton soutien et ta compréhension, Dave.

Il se passe la main dans les cheveux d'un geste exaspéré.

– Je suis de ton côté, Mouse ! Si je m'énerve parfois, c'est parce que je m'inquiète pour toi.

Laissez-moi rire. Dave a beau se comporter comme s'il était mon oncle préféré, il ne l'est pas. Il est assistant social. C'est son travail de veiller sur moi et de me remettre sur le droit chemin, même s'il n'y arrive pas très bien. Il est payé pour ça. Alors, de mon point de vue, ça ne compte pas.

Je sors de la pièce, le laissant accoudé à son bureau, la tête entre les mains. Dans la salle d'attente, une fille lève les yeux de son magazine – une fille très jolie, métis, la peau couleur caramel et les yeux en amande. Elle me sourit. Je la préviens :

– Fais gaffe, il est de mauvaise humeur.

– Comme d'hab, non ?

Elle décroise ses longues jambes brunes pour se lever, à la manière d'un top-modèle. Malgré son uniforme de collège privé, elle a l'air cool. C'est le genre de fille qui aurait de l'allure même habillée d'un sac à patates. Un béret noir repose de biais sur ses cheveux châtain doré, qui descendent en boucles serrées jusqu'à ses épaules.

Elle dégage quelque chose d'exotique, à des années-lumière des filles de Green Vale qui mâchent du chewing-gum la bouche ouverte, portent des pantalons trop taille basse et des talons trop hauts. Sa petite jupe plissée verte, ses chaussettes grises montantes et ses chaussures plates n'ont a priori rien d'extraordinaire, et pourtant…

– Souhaite-moi bonne chance, me lance-t-elle avec un clin d'œil avant d'entrer dans le bureau de Dave.

– Bonne chance !

En réalité, je ne crois plus à la chance. Plus depuis que mon père est parti quand j'avais sept ans. Mais pour elle, je veux bien faire une exception.

Au fil des ans, j'ai vu défiler des tas d'enfants et d'ados dans cette salle d'attente. Certains avaient l'air perdus, d'autres abandonnés, durs, mauvais, fous ou désespérés. Mais je n'avais encore jamais croisé de fille comme elle, qui semble avoir le monde à ses pieds et pouvoir en faire ce qu'elle veut. Je m'interroge sur son histoire, sur ce qui l'a conduite ici, à la maison des jeunes de Clapham, sous la houlette de Dave.

Une chose est sûre, on ne vient jamais le voir parce que tout va bien. C'est un peu triste, quand on y pense.

L'auteure

Cathy Cassidy a écrit son premier livre à l'âge de huit ou neuf ans, pour son petit frère, et elle ne s'est pas arrêtée depuis !

La plupart de ses personnages sont inspirés des enfants et des adolescents dont elle croise le chemin et, comme elle a souvent entendu dire que le mieux, c'est d'écrire sur ce qu'on aime, l'idée de la série « Les filles au chocolat » lui est venue de sa passion pour le chocolat !

Cathy vit en Écosse avec sa famille. Elle a exercé beaucoup de métiers, mais celui d'écrivain est de loin son préféré, car c'est le seul qui lui donne une bonne excuse pour rêver !

De la même auteure

Série « Les filles au chocolat » :

Tome 1 : Cœur cerise
Tome 2 : Cœur guimauve
Tome 3 : Cœur mandarine
Tome 4 : Cœur coco
Tome 5 : Cœur vanille
Tome 5 ½ : Cœur sucré
Tome 6 : Cœur cookie
Tome 6 ½ : Cœur piment
Les secrets des filles au chocolat
Quatre saisons avec les filles au chocolat

Hors série :

Aux délices des anges
Miss pain d'épices
Rouge bonbon
Rose givrée
Les 5 lettres du mot cœur

Et la série best-seller

les filles au chocolat

FSC
www.fsc.org
MIXTE
Papier issu de sources responsables
FSC® C022030

Numéro d'éditeur : 10237524
Achevé d'imprimer en décembre 2017 par CPI Brodard & Taupin
(72200 La Flèche, Sarthe, France)
Numéro d'impression : 3025524